岩 波 文 庫

32-525-1

ア ド ル フ

コンスタン作
大塚幸男訳

岩 波 書 店

ADOLPHE

Benjamin Constant

改訳新版の序

拙訳の初版は一九三五年(昭和十年)の刊行にかかる。以来、刷を重ねること二十六たび、ようやく紙型もすりへったので、これを機会に全面的に改訳の筆を加えたのがこの新版である。

白状すれば、最初は安易な気持で臨んだ。しかるに取りかかってみると、意に満たない箇所が次々に出て来て、仕事は難渋をきわめ、筆は遅々として進まなかった。三十年になんなんとする歳月はむなしくは流れていなかったのである。と同時に、一分《いちぶ》の隙《すき》もない鋼鉄のようなコンスタンの文体は、それが簡潔無比のものであればあるだけ、依然として訳者を苦吟せしめずにはおかなかったのである。

そのような日々に、いつもわたくしを鞭撻し、わたくしに助言を与えてくれたのは、わたくしの若き日にこの翻訳の指導の労を惜しまれなかった、先師須川弥作先生の思い出にほかならなかった。先生のお訓《おしえ》はわたくしの裡《うち》に生きつづけていたのである。謹んでこの改訳版を先生の御霊《みたま》にささげる。

拙訳の初稿が、――未熟な初稿が、この文庫に入るという光栄に浴することができたのは、ひとえに河野与一先生の御高配のたまものであった。先生にはその後も事あるごとに御芳情をたまわって今日に及んでいる。先生のいやます御健康を切に祈りたい。

最後に、初版の訳文について身にあまるお言葉を寄せられた故宇野浩二先生、故佐藤春夫氏、谷崎潤一郎氏、ならびに、《一冊の本》としてこの小説を愛読していて下さるという三岸節子さんに対して、ここに心からの感謝をささげる。

一九六四年五月五日　庭前のバラ匂う日

心遠書屋において　大塚幸男　しるす

訳者例言

一、本書はバンジャマン・コンスタン作『アドルフ』の全訳である。
Benjamin Constant, *Adolphe, anecdote trouvée dans les papiers d'un inconnu*, 1816.

一、翻訳は Gustave Rudler の校訂版 (Manchester, Imprimerie de l'Université, 1919) に拠り、かたわら著者生前の最終版にして広く世におこなわれる一八二八年版を参照した。

一、この両者における最もいちじるしい異同は、後者が半句点や二重点にしているところを、前者がほとんど常に句点で切っていることである。これは簡潔をもって鳴るコンスタンの文体にとって極めて重大なことであるから、訳者はできるだけテクストの句点法に忠実ならんことを期した。

一、翻訳その他について一方ならぬ御配慮にあずかった須川弥作先生、河野与一先生、ならびに、貴重な文献を御貸与下さった河盛好蔵氏に、厚く感謝の意を表する。

昭和九年十二月

訳　者

目次

第三版原序

十年前の出版になるこの小著の覆刻にあたっては、いささかのためらいなきを得なかった。ベルギーで偽版が作られかかっているというほとんど確実な証拠がなかったら、またベルギーの偽版に従事する人々によってドイツに普及させられフランスに持ちこまれる偽版の大部分と同様、著者のあずかり知らぬ附けたしや書き入れがこの偽版に加えられる恐れがなかったら、私は決してこの逸話にかかずらいはしなかったろう。けだしこの逸話は、人物がわずか二人に限られしかもその状況が常に同じ小説《ロマン》にも、一種の興味を附与しうる可能性はあるということを、都会を離れてたまたま顔を合せた二、三の友人に納得させようとして書かれたものにすぎないから。

ひとたびこの仕事に着手するや、私は何らかの効用がなくもないと思われるいくつかの他の観念で心に浮かんで来たものを展開させようと思った。心のかさかさした者は相手に苦しみを与えるものとされているが、実はおのれもまたそれに苦しめられ、ために、自らを実際以上に軽率であり堕落していると思いなすに至ることを、私は描こうと欲した。遠くからだと、人が与える苦悩のすがたは、あたかも横切りやすい雲のように、漠然としてとりとめもなく見えるので、人は世間の非難さえなければいい気でいるものだが、この世間たるや不自然きわまり、主義の欠如を補うに規則をもってし、感動の欠如を補うに仕来《しきた》りをもってするもので、なるほど醜聞を憎みはするけれど、それも醜聞が背徳だからというわけではなく、ただうるさいものだからだという、その証拠には、醜聞さえなければ悪徳といえども結構歓迎するのである。思慮もなく結ばれた関係は苦もなくこわれるだろうと思われるかも知れない。しかしこのこわれた関係から起こる苦悶、欺かれた魂のあのいたましい驚愕、あれほどの全き信頼について来るあの猜疑、しかも特定の一人に対してのが世間全体を呪うにまで至るあの猜疑、また、踏みにじられて元《もと》に返る由なき世間の尊敬を見るならば、そのとき人は、愛すればこそ苦しむ相手の心には神聖な何物かがあることを知るであろうし、自分は感ぜず相手だけに感じさせていると思っていた感情の根がいかに深いものであるかを発見するであろう。そしてもしも世間でいう弱さを克服するとすれば、それは自分の裡にある高潔なところをすべてぶちこわし、忠実なところをすべて引き裂き、気高いところ善良なところをすべて犠牲にしてのことである。で、弱さとのたたかいに勝った結果は、第三者や友人からは喝采《かっさい》されるであろうが、当人はといえば自分の魂の一部を殺し、同情を冒瀆し、弱さを悪用し、道徳の仮面の下に情《つれ》なく振舞《ふるま》って道徳をも侮辱し、その最もよき天性を失ってしまって、残るものはこの悲しい成功によってかちえた恥と堕落とである。

私が『アドルフ』において描きたいと思った図絵は以上のごときものであった。この意図が成功しているかどうかは知らない、しかし、ともかくも真実を写しているという点で何らかの価値はあろうと思われるのは、この書の読者にして私が会った人々のほとんどすべてが、やはり彼らもわが主人公と同じ立場におかれた経験があると語ったことである。なるほど、女に与えた苦悩という苦悩について彼らが示す悔恨のかげには、一種のうぬぼれの満足が見えていた。つまり、彼らはアドルフと同じように、自分たちが火をつけていた女の執拗な愛情につきまとわれたとか、自分たちに対して女がいだいていた大きな愛の犠牲だったとかいうふうに見せかけたがっていた。思うに彼らの大部分は自己を誣《し》いていたのである。虚栄心が彼らをつつきさえしなかったら、彼らの良心はおだやかでありえたろう。

それはともかく、アドルフに関することでは、私はひどく無関心になっているし、この小説《ロマン》には何らの価値をもかけていない。繰り返していうが、おそらくこんな小説など忘れたであろう公衆の前に——もっとも公衆がこの小説をかつて知っていたとしての話だが——ふたたびこれを公《おおやけ》にするのはほかでもない、この版にあるのとは別の内容を持った版はすべて私の筆になるものではないということ、したがってそれについては責任を負わないということを言明しようがためである。

アドルフ

刊行者の言葉

もう何年か前、イタリア漫遊のおりであった。ネト河の氾濫で、カラブリアの一寒村チェレンツァの、とある宿屋に留められたことがある。その宿屋には、やはり同じ理由でやむなく逗留している一人の外国人があった。彼はひどくだまり屋で、憂鬱そうに見えた。先を急ぐ様子は少しもなかった。何しろ、ここで話しかけることのできる人とては彼のほかになかったから、私はときどき彼に向かってわれわれの前進が遅れるのをこぼした。すると彼は、「ここにいてもよそにいても、僕にはどっちだっていいのです。」と答えた。名も知らずにこの外国人に仕えていたナポリ生まれの下男と話したことのある宿の亭主の言葉によれば、かの外国人は観光の旅をしているのではないとのことで、その証拠には、遺跡を訪れるでもなく、景色《けいしょく》の地を訪れるでもなく、モニュマンを訪れるでもなく、人を訪れるでもないという。彼はよく本を読んではいたけれど、決して続けて読むのではなかった。夕方にはいつもひとりで散歩をし、それにしばしば両手で頭をかかえて、身じろぎもせず坐ったまま、全く数日を過ごすことがあった。

交通が旧に復して、出発してもいいという時になって、この外国人は重い病気にかかった。私は人情の命ずるままに、滞在を延ばして看護することにした。チェレンツァには村の外科医が一人しかいなかった。私はもっと気のきいた医者をコツェンツェに探しにやらせようと思った。外国人は、「それには及びません、あの人で結構です。」といった。彼の言葉はもっともであった、おそらく彼が考えていた以上にもっともであった、というのは、この村医が彼を癒《いや》したからである。彼はこの医者にいとまをやる時になると、「あなたがこんなお上手な方だとは思わなかった。」と何かこう不興げにいって、それから私の心づくしを謝して出発した。

数カ月後、私はナポリで、チェレンツァの宿屋の亭主から一通の手紙を受け取った、それには、ストロンゴリ山へ通じる道で拾った手箱が添えてあった。なるほど、かの外国人と私とはその道をたどった、しかし私たちはいっしょに歩いたのではなかった。私に手箱を送ってくれた宿屋の亭主は、私たち二人の中のどちらか一人のであると思っていた。その手箱には、宛名のないのやら、宛名や署名の抹消されたのやら、とにかくひどく古いたくさんの手紙と、一枚の女の肖像と、逸話を記した一冊の手帖とがはいっていた。この逸話というのが、すなわち、以下にかかげる物語である。これらの品の持主なるかの外国人は、別れに際して何もいってくれなかったので、私は彼に手紙を書くすべもなかった。私は、これらの品をどうしていいかわからず、十年このかた保存していたのであるが、はからずもドイツのある町で、このことを数人のひとに話したところ、中の一人から私の保管する手記をぜひ貸してくれと乞われた。一週間の後、手記は一通の手紙とともに戻って来た。私はその手紙を物語の末尾に配しておく。物語そのものを読む前にこの手紙を読んでもわかりにくいと思うからである。

この手紙のおかげで、物語を発表しても人を傷つけたり人に累を及ぼしたりする気づかいはないとの確信を得たので、私は決心してかくは公にするのである。私は原文に一字の変更をも加えなかった。固有名詞の省略も私の手に成るものではない。それは、今もなおそうであるごとく、ただ頭文字《かしらもじ》でしか示されていなかったのである。

第一章

二十二歳でゲッティンゲンの大学を卒業したところであった。――＊＊＊選挙侯の大臣をしていた父の意図は、私をして最も著名なヨーロッパ諸国を遍歴させることであった。彼はついで私を呼び寄せ、その管理する省に入れて、ゆくゆくはおのれに代わる準備をさせようと望んでいた。非常に遊びもしたが、私はやや根気づよい勉強のおかげで、学友にまさる成績をあげていたので、父はけだしひどく誇大な期待を私にかけていた。

この期待があったために、父は私の犯した数々の過失に対して非常に寛大であった。彼はこれらの過失の結果で私を苦しませておくことは決してなかった。この点については、常に私の願いを容《い》れてくれ、時にはこちらから言わぬ先に察してくれた。

不幸にして父のやり方はやさしいというより上品で寛大だった。私は、感謝と尊敬とを私に要求する権利が父にあることはよく知っていた。しかし、私たちのあいだにはかつて何らの信頼も存在しなかった。彼は心に何かしら皮肉なところがあって、それが私の性格に合わなかった。私はそのころ、魂を平凡世界のそとに投げ出し周囲のあらゆる事物への軽蔑を魂に教える、あの原始的な激しい感動に身をゆだねることしか願っていなかった。私は父の裡に、がみがみ屋ではなくて、冷淡で皮肉な観察者、まず憐れみからほほえみ、やがて我慢できずに話を打ち切る観察者を見ていた。私は生まれて十八年間というもの、一時間と続けて父と話し合った記憶はない。彼の手紙はもっともな、胸を打つ助言に満ちていて、ねんごろではあった。しかし、ひとたび私たちが面と向かい合うや否や、いいようのない窮屈な何かが彼の裡にあって、それが私にいたましく作用するのであった。当時、私は内気の何たるかを知らなかった。内気は内的の苦痛であって、どんな老年においてまでもわれわれにつきまとい、どんな深い印象をもわれわれの心の上で踏みにじり、われわれの言葉を凍らせてしまい、われわれがいおうとする一切のことをわれわれの口の中でゆがめ、そして、われわれがおのれの感情を人に伝え得ないその辛さの復讐をば、おのれの感情そのものへ持っていってしようとでもするかのように、ただ曖昧な言葉や多少ともにがにがしい皮肉でもって物をいうことしか、われわれに許さないところのものなのである。私は父がわが子に対してすら内気だったことを知らなかった。そして、父の見かけの冷たさは、父に愛情を示すことを私に禁じているように見えたが、父がこの愛情のしるしを永いこと私から期待したあげく、眼をうるませて私を離れ、私に好かれないといって、他の人たちに歎いていたことをも知らなかった。

父に対する私の気まずさは、私の性格に大きな影響を与えた。同じように内気でありながら、ただ父よりも年が若かっただけ、いっそう落ちつきのなかった私は、自分の感じることはみんな胸に秘めてしまう癖で、ひとりの計画ばかりを立て、その計画の実行については自分だけを頼り、人の意見、利害、助力はもとより、人の存在すらこれを窮屈なものに考え、邪魔物と見なしつけていた。心にかかっていることは決して人に話さず、うるさいことだけれども仕方なく話に加わり、そして一度話をし始めると、のべつに冗談をいって話を活気づけ、こうして話の退屈さを緩和し、自分の本心をかくす習慣をつくった。私が今日なお友達に非難される、ざっくばらんなところのないこと、及び、いかに努めても真面目に話す気になれないのは、そのためである。同時に、上のような原因から、烈しい独立欲、自分を取り巻くいろんなきずなに対する大きな焦燥感、そして新たにそういう羈絆をつくるについての打ちかちがたい恐怖が生まれた。私はただひとりでいる時しか気楽になれなかった、そして今もなおそういう性質のために、ほんのごくつまらない場合ですら、二つに一つの決心をしなくてはならぬ段になると、私は人の顔が邪魔になるので、静かに物を考えるために自然、人を避けることになるのである。とはいえ私にはこのような性格から来る利己主義の深刻さはなかった。自分に対してのみ関心を持ちつつも、その自分自身に対する関心は弱かった。私は心の底に、自分では気づかない或る感性の欲求をいだいていた、しかしこの欲求が満たされなかったので、代わるがわる自分の好奇心をひいたあらゆる事物から、次々に離れてゆくことになった。このあらゆるものに対する無関心は、死の観念によっていっそう強められていた。死の観念といえば、私は早くからこれに打たれていて、どうして世間の人々があんなに平気で死を考えずにいることができるのか、かつて納得がゆかなかった。私は十七の時に、その注目すべき、風変りな才気で、私の才気を伸ばしかけていてくれた一老婦人が死ぬのを見た。他の多くの女たちと同じように、この人もまた生涯の初めにあたって、魂の偉大な力と、真に立派な才能とをたのみながら、知りもせぬ社交界へと乗り出していた。しかるに、やはり他の多くの女たちと同じように、不自然ではあるが不要な仕来《しきた》りを守らなかったばかりに、おのれの数々の期待が裏切られ、おのれの青春が楽しみもなく過ぎゆくのを眺めて、ついに老年に達してしまったが、彼女は節を変えなかった。彼女は不平をいだき、引きこもって、ただその才気のみをたのみ、その才気ですべてを分析しながら、私の家の所有地の一つに隣る城館《やかた》に住んでいた。私たちは一年近くのあいだ、尽きせぬ会話の中で、人生をその全面から眺め、常にあらゆるものの終極として死を見つめていた。ところが、彼女とともにかくも死を語ったあげくの果てに、私は彼女が死に襲われるのを見たのであった。

この出来事は私をして運命の無常をしみじみと感じさせ、払えども去らぬ漠然たる物思いに私を沈ませた。私は好んで詩の中でも人生のはかなさを歌ったものを読んだ。私はどんな目的も努力を払う価値はないと思った。しかるに、まさに年をとるにつれて、この印象がうすれたのはやや不思議である。それというのは、希望の中には何かしら曖昧なものがあって、希望が人の生涯からひっこむ時には、この生涯は今までよりもいかめしくはあるが、今までよりも確実な性格を帯びるからであろうか？　雲が散れば岩の頂がよりよく地平に現われるように、あらゆる錯覚が消え去るとそれだけ、人生が一そう現実的なものに見えるせいであろうか？

私はゲッティンゲンを去って、D＊＊＊という小さな町に赴いた。この町は或る大公の城下で、大公はドイツの諸侯の大部分と同じように、広からぬ一国を平和に治め、国内に定住しに来る学者を保護し、あらゆる言論に完全な自由を与えていた。もっとも、大公の交際範囲は、古い仕来り《しきた》によって、その廷臣たちとのあいだに限られていたから、これによっても、彼の周囲に集まる者は、大部分つまらない平凡な人間にすぎなかった。私は、単調と礼式との世界を破りに来る外国人の誰でもが当然に受けるあの好奇心をもってこの宮廷に迎えられた。数カ月間というもの、私の注意をひくようなものは何もなかった。私は人々の示してくれる親切に感謝していた。しかし、或る時は自分の内気のせいでその親切を利用することができず、また或る時はあてどのない心騒ぎに疲れて、せっかく人にすすめられる楽しみのつまらなさよりも、むしろ孤独を好んだのであった。私は誰に対しても憎悪などをいだいてはいなかったが、私の関心をひく人とてはほとんどなかった。ところで、人々は冷淡にされると侮辱を感じるものである。彼らはわれわれの冷淡さを、悪意や気取りから出たものだとする。彼らには、彼らとともにいて当然退屈する人があるということが信じられないのである。私はときどき退屈を抑えようとつとめ、深い沈黙の中に逃げることがあった。すると人はこの沈黙を軽蔑の意にとった。また或る時は、われとわが沈黙に飽きあきして、なにか冗談をいい出すことがあったが、そんなとき一度活動し始めた私の才気は私をしてあらゆる節度を越えさせた。私はずっとひと月のあいだに観察しておいた世間の嗤《わら》うべき愚かさをみんな一日であばいてしまった。出しぬけの心にもない私の打ち明け話の聞き手になった人たちは、決して喜んでくれることはなかった、それももっともである、こちらはしゃべりたいという衝動にかられてしゃべったまでで、その人への信頼からしゃべったわけではないからだ。私は初めて私の思想を伸ばしてくれた例の婦人との会話において、一切のありふれた格言や独断的な方式に対して、打ちかちがたい嫌悪をおぼえる癖をつくっていた。それで、凡庸《ぼんよう》の徒らが、道徳とか仕来《しきた》りとか宗教とかに関する——こういうものをすべて彼らは好んで同一線上におくのだが——確定的な異論の余地なき諸原則を、欣々然として論議しているのを聞くと、さからってやりたくなった。それも自分に反対意見があったからではなくて、ただ、彼らのいかにも確固たる、いかにも鈍重な確信が我慢できなかったからである。それに、何か知らない本能が、これらの何の制限も加えられず何のニュアンスもない一般的公理は、そのまま受けとらないようにと私に教えていた。愚かな連中は彼らの道徳を、目の細かい不可分な塊《かたまり》につくりあげる。できるだけその道徳の干渉を受けず、一つ一つのこまかい点では自由に振舞うために。

こうした行為によって、私は間もなく軽率、皮肉、意地わる、などという大評判をとった。私の辛辣な言葉は私の魂が恨みっぽい証拠であるとされ、私の冗談は最も尊敬すべきあらゆるものへの冒瀆であるとされた。私にあざけられた連中は——あざけったのはこちらが悪かったのだが——私に対して共同戦線を張るのを上策であるとして、かの道徳の諸原則に疑いを容れたといっては私を責めた。私はそんなつもりはなかったが、結果としては彼らを犠牲にして彼らを互いに嗤《わら》わせていたので、みんなが私に対抗して結束したのである。いわば私は彼らの滑稽さを暴露することによって、彼らの私にした打ち明け話を裏切ったとでもいうかのようであった。いわば彼らは私の眼前にそのあるがままの姿を見せた時、私から沈黙の約束を取っていたとでもいうかのようであった。私はそんな負担の重すぎる契約を承諾した覚えはなかった。彼らは思うさま振舞うことに喜びを感じていたのだし、私は彼らを観察し彼らを描くことに喜びを感じていた。されば、彼らが呼んで不実となすところのものは、全く罪のない、きわめて正当なうめ合わせであると、私には思われた。

私はここで弁解したくはない。無経験な人間がよく用いるこのつまらない安易なやり方は、とうの昔に抛棄した私である。ただ、私はいま社交界を避けているから、私以外の人たちのためにいいたいのだが、およそ、利害や、気取りや、虚栄や、恐怖などで出来た人間どもに慣れるには、時日を要するものである。うら若い青年で、かくも不自然な、かくも念の入った社会を見て驚く者があれば、それはその青年が意地わるであるというより、むしろ自然な心の持主である証拠になる。しかもこの社会は少しもそれを恐れるには及ばない。この社会の圧力は重く、その暗々裡の影響は強いものであるから、やがてこの社会はわれわれを世間一様の型にはめこまずにはいない。そしてその時になると、われわれはもはや、むかし驚いたことに驚くばかりで、われわれの新たな形の下に安んじてしまう。群衆であふれた見世物《みせもの》にはいると、はいりがけには息苦しいけれども、ついには自由に息がつけるようになるのと同様である。

もし若干の人々にしてこのような一般的運命を免かれるとすれば、そういう人々はそのひそかな見解の相違を胸の中に秘める。彼らは嗤《わら》うべき事柄の大部分の中に悪徳の萌芽を認める。彼らはそれについて、もはや冗談はいわない。軽蔑が嘲弄にとって代わったのであり、軽蔑はだまり屋だからである。

こういうわけで、私をめぐる少数の人々のあいだには、私の性格に対する漠とした不安が生じた。人々は一つでも私の非行を指摘し得たというのではない。それどころか、私のいくつかの行為には親切を惜しまず献身を辞せぬところも見える、ということを彼らは否むわけにはゆかなかった。しかし私は背徳者、信のおけぬ男といわれた。この二つの形容語は、おのれの知りもせぬ事実を人にほのめかしたり、おのれのわかりもせぬことを人に推測させたりするために、都合よくも発明されたものなのである。

第二章

うわの空で、不注意で、退屈しきって、自分がどんな印象を人に与えているかも気づかずに、勉強しかけてはしばしば中断したり、計画を立てては実行せず、遊んでもおもしろくないといった具合で、私は時を過ごしていた。その時、見かけはほんのつまらない事情が、私の気持に重大な革命をもたらすことになった。

私のやや親しくしていた一青年が、数カ月前から、私たちが暮らしていた社会ではまあ一番おもしろい部類に属する或る女の気に入ろうとして躍起《やっき》になっていた。私はこの男の恋の冒険談の、きわめて傍観的な聞き手を務めていた。永い努力の後、彼は女の愛をかちえるに至った。そして、今までその失敗や苦心をかくしたことのない彼は、その成功をも私に伝える義務があると思った。彼の喜び、彼の有頂天といったらなかった。こんな幸福を見せつけられると、私はまだ自分でやってみたことのないのが残念でならなかった。私は自分の自尊心を満足させるに足る婦人関係は、それまで持ったことがなかった。一つの新しい未来が眼前にあらわれて来るように思った。一つの新しい欲求が胸の奥に感じられた。この欲求の中に多くの虚栄心があったのは確かだけれど、それは単に虚栄心だけではなかった。おそらく虚栄心は、私が考えていたよりも少なかったのだと思う。人の感情というものは、とりとめのない複雑なものである。それは観察しにくい種々雑多な印象から成っているので、あまりに粗雑であまりに一般的なのが常である言葉は、それらの感情を指示するには役立っても、決して定義するには役立たない。

私は父の家庭で見ならって、女についてはかなり不道徳な主義を持っていた。父は外面的の儀礼は厳格に守ったが、恋愛関係に関してはともすればあえて軽口《かるくち》をたたいた。彼は恋愛関係を、許されたものとはいわぬが、ともかくも許すべき遊びと見なしていて、ただ結婚のみしか真面目には考えていなかった。青年たる者はいわゆる気ちがい沙汰、すなわち、財産、家柄、そのほか外部的利害の点でよく釣り合いのとれない女と腐れ縁を結ぶことをしでかさないように用心しなくてはならないというのが彼の主義であった。もっとも、結婚という問題が起こらぬ限りは、男たる者はあらゆる女を手に入れ、次いでこれを棄てても構わないと彼は考えていたらしい。その証拠には、《それは彼女らにいささかの害をも与えず、しかも我らに多くの喜びを与う》という人口に膾炙《かいしゃ》した言葉のもじりに対して、彼がどうやら賛成するようにほほえんだのを、私は見たことがあった。うら若い青年時代にあって、この種の言葉がどんな深い印象を与えるか、また、あらゆる意見がまだ定まらず変わりやすい年ごろにあって、自分たちに与えられた直接の規範が、世人の喝采を受けるような冗談によって葬られるのを見て、子供たちがどんなに驚くものであるかを人はよく知らない。こうなると子供たちの眼には、これらの規範は両親が気やすめに子供たちに繰り返すことに決めている陳腐《ちんぷ》なきまり文句としか見えず、かえって人々の冗談にこそ人生のまことの秘密はふくまれていると思われるようになってしまう。

　そこはかとなき胸騒ぎにさいなまれて、「愛されたい」と自分にいい、周囲を見廻してみた。私がほれるような女は一人もなく、愛を受けてくれそうな女もなかった。私は自分の心と趣味とに訊いてみた、これといって好きな女は見いだせなかった。こうして心に悩んでいた時である、私がP＊＊＊伯爵と知り合いになったのは。伯爵は四十がらみの男で、私の家とは姻戚の間柄であった。彼は遊びに来るようにといった。不幸な訪問よ！　彼はその家に婦人を囲っていた、もう若いというのではないが、美貌で聞えたポーランドの女を。この女は、その不利な地位にもかかわらず、幾多の場合に、そのすぐれた性格を見せていた。ポーランドではかなりの名門であった彼女の家は、この国の動乱で零落していた。父なる人は追放されていた。母親は隠れ家を求めてフランスへ赴き、そこに娘をつれていったのであるが、母に死なれると、娘は全くひとりぼっちになった。そのときP＊＊＊伯爵が現われて愛するようになったのであった。それでも私は二人の関係がどうして結ばれたのかは知らなかった。私が初めてエレノールを見た時には、すでに二人の関係はずっと以前に出来ていて、いわば正式の仲であった。彼女がその教養や、習慣や、またその性格の非常に注目すべき部分を成していた誇りなどと相容れぬ道に身を投じたのは、その境遇の避けがたい成りゆきからであったか、それとも年齢による無経験さからであったか？　ただ私が知っていることは、そして皆が知るに至ったことは、P＊＊＊伯爵の財産がほとんど全くつぶれ、その自由が脅かされたことがあった時、エレノールは伯爵に献身のあかしを見せ、どんな立派な他からの申し出をもしりぞけ、熱心にしかも喜んで伯爵の危険と貧困とを共にしたので、いかに厳格な人といえども、彼女の動機の潔白さと、彼女の行動の清廉さとを、認めないわけにはゆかなかったということである。伯爵が財産の一部を回収することができたのは、実に彼女の働きと、勇気と、理性と、彼女が愚痴一ついわずに堪えたあらゆる種類の犠牲とのおかげであった。彼らがD＊＊＊の町に引越して来ていたのは、或る訴訟事件のためで、その結果いかんでは、P＊＊＊伯爵に昔の豪奢がそっくり返って来るかも知れなかった。彼らはこの地に二年ほど滞在する予定であった。

エレノールは才気といえばありきたりの才気しか持っていなかった、しかしその考えは正しかったし、いつも単純なその言葉づかいは、感情の上品さと気高さによって、時として人の胸を打つものがあった。彼女は多くの偏見を抱いていた、しかしそれは彼女の利害に反するものばかりであった。彼女は身持ちの正しさに最大の価値をおいていた、というのは、まさに彼女の身持ちが世間の考え方から見れば正しいものではなかったから。彼女は非常に宗教的であった、というのは、宗教は彼女が送っているような生活を厳しく咎めるものであったから。彼女は他の女たちには罪のない冗談としか見えぬことすら、これを口にすることを一切厳重に禁じていた、なぜかといえば、身分が身分であるから、もしや不穏当な冗談をあえていいかけられはしまいかと常に恐れていたから。彼女はできることなら、最も身分の高い、そして品行も非の打ちどころのない人たちのみを招きたく思ったことであろう、なぜなら、彼女が比較されることを恐れている女たちは、普通、誰かれの見さかいなくつきあうもので、世間の尊敬を失うことなどは気にも留めず、その交際においてただ慰みを追うだけであるから。エレノールは、ひと口にいえば、絶えず自らの運命と闘っていた。いわばその行いとその言葉との一つ一つでもって、おのれの属する階級に反抗していた。しかも現実はおのれよりも強いので、どんなに努めたところがおのれの地位を少しでも変えることはできぬ、ということを感じていたから、非常にふしあわせであった。彼女はＰ＊＊＊伯爵とのあいだに出来た二人の子供を極端に厳しく躾《しつ》けていた。彼女が子供たちに示すやさしいというより熱情的な愛着には、ひそやかな反抗がまじっているのではあるまいか、そしてそれがため彼女には子供たちが何かうるさいものに思われるのではあるまいか、と時々はそう思われることがあった。子供たちの成長とか、子供たちの才能の見込みとか、子供たちの選ぶべき道とかについて、善意から注意する人でもあると、彼女は他日子供たちに子供たちの素性《すじょう》を打ちあけなければならぬことを思って蒼ざめるのであった。しかしほんのちょっとした危険があっても、また一時間でも子供たちといっしょにいないと、心配にかられて子供たちのもとへ飛んでいった。この心配の中には、良心の呵責《かしゃく》に似た感情があるということ、彼女は子供たちを愛撫することによって、自らはその愛撫で感じえない幸福を子供たちに与えてやりたいと思っているということが察せられた。彼女の感情と彼女の社会的位置とのこの対立は、彼女の気分をひどく変わりやすいものにしていた。彼女はよく物思いにふけりがちで無口であったが、時には烈しい調子で話すこともあった。彼女は特殊な考えにさいなまれていたから、どんな一般的な会話のさなかででも、完全に落ちついていることは決してなかった。しかしほかならぬそのことから、彼女の物腰には何か遮二無二《しゃにむに》な、人の意表に出るところがあって、彼女を普通よりも辛辣なものにしていた。彼女にあってはその位置の異常さが考えの新しさの不足を補っていた。人々は彼女を、美しい嵐ででもあるかのように、興味と好奇心とをもって注意ぶかく眺めていた。

私の心臓が恋をほしがり、私の虚栄心が恋の成功をほしがっていたその時、私の眼の前にあらわれたエレノールは、征服に値する女と思われた。彼女の方でもまた、それまで見て来たのとは異なった男とつきあうことに喜びを感じた。彼女のサークルは、主人の友人や親戚の幾人かと、その夫人連とから成っていた。この夫人連はP＊＊伯爵の勢力があるのでやむなく、伯爵から世話を受けている女の出入りを許していたのである。良人たちは感情も考えもない連中であったし、夫人連も同様に平凡な女たちであったが、ただ異なるところは、良人たちのように仕事や用務の規則正しさから来るあの精神の平静さがないので、良人たちよりもさらに落ちつかず、さらにそわそわしていたことである。こういうわけで、私のいっそう軽快な冗談、いっそう変化に富む会話、また、憂愁と陽気と、落胆と関心と、熱心と皮肉とが特別にまじり合ったものは、エレノールを驚かしひきつけた。彼女は数カ国語を、なるほど不完全にではあるが、いつも生き生きと、時には優雅に話した。彼女の思想は言葉の障碍を越えて現われ、この障碍との闘いから、一段と愉快な、一段と素朴な、一段と新しいものとなって現われるように思われた。外国語の語法は思想を若返らせ、またそれを陳腐なものに見せたり気取ったものに見せたりする言い廻しをなくしてくれるものだからである。私たちは共に英詩を読み、共に散歩をした。私はよく、朝、彼女に会いに行っては、夕方、ふたたび訪ねた。私は彼女といっしょに無数のことを語り合った。

私は自分が冷淡・公平な観察者として彼女の性格と才気とをひとわたり眺めているものと思っていた。しかし私には彼女の一言一句が、いいようのない優雅さに包まれているかに見えた。彼女に気に入られようという計画は、私の生活に一つの新しい興味を与えて、私の生活を今までになく活気づけた。私はこのほとんど魔法のような効果を彼女の魅力のせいにしていた。もしも自尊心との行きがかりがなかったら、もっと心ゆくばかりこの効果を楽しんでいたであろう。エレノールと私とのあいだにはこの自尊心が第三者として介在していた。私は志す目標へ向かってできるだけ速く進む義務があるように思っていた。そういうわけで思うさま自分の印象にひたることがなかった。何しろ早く話しておきたかった、話しさえすれば成功するものと思われたからである。私は自分がエレノールを愛しているとは思わなかった、それでも彼女から気に入られないというようなことでもあれば、それをあきらめることはもはやできなかったであろう。私の頭からは片時も彼女のことが離れなかった。私は無数の計画を立て、彼女を手に入れる方法をあれやこれやと工夫した、何も試みたことがないばかりに成功を確信しているあの無経験者のうぬぼれをもって。

とはいえ一種うちかちがたい臆病が私をはばんでいた。彼女のために用意した私の言葉はすべて唇の上で消えてしまうか、さもなければ前もって考えていたのとは全然ちがったものになるのであった。私は心ひそかにもがいた。わが身がいきどおろしかった。

ついに私は、我とわが眼に対しておのれの体面を汚すことなしにこの闘いをやってのけるための理窟を求めた。私は自分にいいきかせた、事を急《せ》いてはならぬ、エレノールはおれの目論《もくろ》んでいる恋の告白などは夢にも思っていない、もっと待った方がいい、と。われわれはほとんど常に、心の平安を保つために、実はわれわれの無力や弱さにほかならぬものを、やれ打算だとかやれ主義だとかいってごまかす。そうすることは、われわれの一部、いわばわれわれの裡にあるわれわれの観察者を、満足させるのである。

　そんな状況が長引いた。毎日、明日こそはきっと本当に打ち明けるぞと決心するのだが、その明日はやはり前日のように過ぎ去るのであった。エレノールから離れるや否や、私の臆病は消えた。するとふたたび巧妙な計画を立て、深い工夫をめぐらした。しかし彼女のそばに戻るが早いか、またまたふるえ、どぎまぎさせられるような気がした。誰でも彼女が居ない時の私の心を読んだ人は、私を冷静・非情の女たらしと見なしたことであろう。誰でも彼女のそばに居る時の私を見た人は、初心《うぶ》な、手も足も出ない、熱烈な恋人だと思ったにちがいない。この二つの見方はどちらも正しいとはいえなかったろう。およそ人間には完全な統一というものはないので、ほとんど決して、なんぴとも全く真剣であることもなければ、さりとて全く不誠実であることもない。

　このようなたびたびの経験から、エレノールに直接話す勇気は決して出まいと知って、私は手紙を書こうと決心した。P＊＊＊伯爵は留守であった。自分自身の性格との永いあいだの闘い、この性格を未だに克服しえずにいることのいら立たしさ、このたびの試みの成否の不明、これが恋によく似た興奮を私の手紙に与えた。それに、われとわが文章にのぼせた私は、書き終える頃には、全力をあげて手紙の中に表わそうと努めたあの情熱の幾分かを感じていた。

エレノールは私の手紙の中に、当然人の見るものを見た。自分より十《とお》も歳下の、未知の感情にその心がいま開いた、そして怒りよりも憐れみに値する男の、一時的な逆上を見たのである。彼女は好意ある返事を寄越して、ねんごろな助言を与え、心からの友情を誓ってはくれた、しかしP＊＊＊伯爵が帰って来るまでは私を家に通すことはできまい、と宣言していた。

この返事は私を顚倒させた。私は邪魔物にいら立って、想像をたくましくするばかりであった。一時間前には恋を装って得意になっていたのに、突如としてその恋に身を灼かれるような気がした。私はエレノールのもとにかけつけた。外出したとのことである。手紙を書くことにした。これを最後にもう一度きりでいいから逢ってくれと哀願し、私の絶望と、彼女の残酷な決心が起こさせる不吉な企てとを、切ない言葉で書き綴った。その日の大部分、私はむなしく返事を待った。明日はどんな困難を冒してもエレノールに会って話そうと心に繰り返して、いいようのない苦痛をやっと鎮めた。夕方、彼女の返事がもたらされた、それはやさしかった。私はその中に後悔と悲しみとの印象を見つけえたように思った。しかし彼女の決心は依然として固く、あの決心は動かせないものだとあった。翌日、私はふたたび彼女のもとへ行った。彼女は田舎へ出かけ、召使たちはそれがどこだか知らなかった。のみならず、彼女へ手紙を廻送するすべもないとのことである。

もはや二度と会う機会も考えつかず、私は永いこと身じろぎもしないで、彼女の家の戸口に立ちつくした。我ながら自分の苦しみには驚いた。おれはただ恋の成功を望んでいるばかりなのだ、これはほんの試みにすぎない、あきらめようと思えばわけなくあきらめられるさ、とそうひとりごちた時のことが思い出された。私にはいま自分の心をかきむしっているこの激しい抑えがたい苦悩が少しものみこめなかった。数日がこんなふうで過ぎた。気晴らしもできねば勉強もできなかった。絶えずエレノールの門前をさまよった。街という街の曲り角で彼女に出会う望みがあるかのように、よく町なかを散歩した。ある朝、やはりあてもなく歩いていると、——こうした散歩は心騒ぎを疲労に代えるのに役立っていたのであるが、——旅から帰って来るP＊＊＊伯爵の馬車を見かけた。伯爵は私を認めて馬車を降りた。ありきたりの挨拶を二、三交した後で、私は心のみだれをかくしながら、エレノールの突然の出発のことを話した。「そうです、」と伯爵はいった、「ここから数里のところにいる女友だちの一人に何か不幸があったというので、エレノールはその人を慰めてやりたいと思ったのです。私に相談もしないで出発したのですよ。彼女《あれ》は全く感情的な女でしてね、いつもかけ廻って人の世話を焼いていれば、それでほとんど心が落ちつくといった質《たち》なのです。だが是非こちらに居てもらわなくてはなりません。今、手紙を書きます。きっと数日後には帰って来るでしょう。」

伯爵がこう請合ったので私は落ちついた。私は苦悩が鎮まるのを感じた。エレノールの出発以来はじめて、ほっとすることができた。彼女はP＊＊伯爵が望んでいたほど早くは帰らなかった。しかし、ひと月の後、P＊＊伯爵から、エレノールが晩がた到着のはずであると知らせて寄越した時には、私はすでに平常の生活を取り戻し、これまでの苦悩も薄らぎかけていた。伯爵は彼女が今の身の上ゆえに社交界から排斥されそうなのを見るにつけても、彼女の性格にふさわしい地位を社交界で維持させることに大きな価値をかけていたので、その親類や友だちである数人の婦人を承諾させて晩餐に招きエレノールに会わせることにしていたのである。

私の思い出は、最初はぼんやりと、やがていっそう生き生きとしてあらわれた。私の自尊心がそこにまじっていた。私は自分を子供扱いにした女と会うことに、困惑と屈辱とを感じていた。その短い不在が私の若い頭の逆上を鎮めてしまったというので、私が近づいてゆけばきっとほほえみかけるであろう彼女が見えるような気がした、そしてその微笑の中には私に対する一種の軽蔑がふくまれているのが見分けられた。次第次第に私の感情は目ざめた。その日、起きがけには、エレノールのことなどもはや思ってもいなかったのに、彼女の到着の知らせを受け取って一時間もすると、彼女のすがたが眼の前にちらつき、私の心を捉えてしまって、私はもしや会いそこねはしまいかとの心配から熱を出していた。

　私は終日家にいた。いわば隠れていた。ちょっとでも動いたら私たちの出会いがおじゃんになりはしまいかと恐れていた。とはいえこれより簡単な、これより確かなことはなかった、しかしあまりにも熱望していたので、とてもこの望みはかなわぬものと思われたのである。待ち遠しくてたまらなかった。絶えず時計を取り出して見た。息苦しさに窓を開《あ》けなくてはならなかった。血が血管をかけめぐって、私の身を灼いていた。

　ついに、伯爵の家へ赴くべき時が打つのが聞えた。とふいに私の焦燥は臆病に変わった。私はゆっくりと着物を着た。もはや到着を急ぐ気はなかった。私は自分の期待が裏切られはしないかとひどく恐れていて、そんなことにでもなった場合にはどんなに苦しいかが痛いほどわかっていたので、できることなら喜んですべてを他日に延ばしたでもあろう。

P＊＊＊氏の家にはいった時は、やや晩《おそ》かった。私はエレノールが部屋の奥に掛けているのを見た。私は進み入る勇気がなかった。皆が私をじっと見ているように思われた。私は客間の一隅、語り合っている一団の人々の背後に行って身をひそめた。そこからエレノールを眺めた。彼女は心もち変わって見えた。いつもより蒼かった。伯爵は隠れ場みたいなところに身をひそめている私を見つけると、私の方にやって来て私の手を取り、エレノールの方へつれていって、「あなたの不意の出発に最も驚いた人のひとりを紹介します。」と笑いながら彼女にいった。エレノールはかたわらの一婦人に向かって話していた。私の姿を見ると、言いかけた言葉を切って、全く狼狽してしまった。私自身もひどく狼狽していた。

人が聞くかも知れなかった。私はエレノールに向かって何でもない話をしかけた。私たちはふたりとも見かけは落ちつきを取り戻した。食事の用意の成った知らせがあった。私はエレノールに腕を貸した、彼女はこれをことわることはできなかった。私は彼女を案内しながら、「もしあなたが明日の十一時にお宅に通してやると約束して下さらなければ、私は今すぐにおいとまします。故国《くに》をすて、家をすて、父をすて、一切のきずなを断ち、一切の義務を抛って、どこへでも構わない、行ってしまいます、あなたが毒手にかけて弄んでいらっしゃるこの生命を一刻も早くすてるために。」「アドルフ、」と彼女は答えて、ためらった。私は遠ざかろうとしてちょっと身を動かした。私の顔つきがどんなだったかは知らない、しかしあれほど烈しい痙攣を感じたことはかつてなかった。

エレノールは私を見つめた。愛情のまじった恐怖の色がその顔に現われた。「明日おいで下さい、」と彼女はいった、「でもどうぞお願いですから……」たくさんの人が私たちの後につづいていた。彼女は終りまでいうことができなかった。私は腕で彼女の手をおしつけた。私たちは食卓についた。

私はエレノールのそばに坐りたかった、しかし家の主人は別なふうに決めていた。私は彼女とほとんど向い合わせに坐らせられた。晩餐の初めのあいだ、彼女は物思いに沈んでいた。人に話しかけられると、やさしく答えはするものの、やがて再びぼんやりしてしまった。彼女が黙りこくって沈んでいるのに心配した友だちのひとりが、病気ででもあるのかと訊いた。「わたくしこの頃、加減が悪うございます、」と彼女は答えた、「それに今でも大へん弱っております。」私はエレノールの心に愉快な印象を与えたいと希っていた。愛嬌よく振舞い、才気を見せて、彼女を籠絡《ろうらく》しよう、そして彼女が承諾してくれた明日の会見に備えよう、と思っていた。だから私は手だてをつくして彼女の注意をひこうと試みた。彼女の興味をひくとわかっている題目へ話を持っていった。近くにいた人たちが私たちの話に加わった。私は彼女が居るので気がはずんでいた。私はついに彼女が私の話に耳を傾け、間もなくほほえむのを見た。私はそれが嬉しくてたまらず、感謝に瞳を輝かしたので、彼女も動かされずにはいなかった。彼女の悲しみと放心とは消えた。彼女は、自分のおかげで幸福になっている私の様子を見ると、その心に湧き上がるひそかな喜びにもはやさからおうとはしなかった。かくて、食卓を離れた時には、私たちの心はお互いに理解し合っていた。かつて離ればなれになったことは一度もなかったかのように。私は客間へ戻るために彼女に手を与えながら、「ごらんなさい、私のすべてはあなたの手中にあるのです。一たい私が何をしたからといって、あなたは私を苦しめてお喜びなさるのでしょう？」

第三章

その夜はまんじりともしなかった。私の魂の中では、もはや打算や計画どころではなかった。真実恋いこがれていると思った。もはや恋の成功など問題ではなかった。ただ愛する人に会い、いっしょにいさえすればいい。十一時が打った。エレノールのもとへ出かけた。彼女は私を待っていた。彼女は話したそうであった。私はこちらのいうことを聴いてくれるようにと頼んだ。私はほとんど立っていられないので、彼女のかたわらに掛けて、こんなふうに話していった。それもしばしば中断すべく余儀なくさせられながら――

「私はあなたの宣告に抗議するつもりで参ったのではないのです。私の告白はお気に障ったかも知れませんが、あの告白を取り消しに参ったのでもありません。たとい取り消したくっても、取り消すことはできないでしょう。あなたがはねつけておいでになるこの愛は、到底こわされるものではないのです。私は今、もう少し落ちついてお話ししようとあせっています、それもあなたのお気に障っている私の愛が烈しい証拠なのです。ですが、今更こんなことをお話しするために、お聴きを願ったのではありません。いいえ、全くその反対なのです。どうかあのことは忘れて、以前のように私をお宅へ上がらして下さい。あの逆上の一瞬を忘れて下さい。胸の奥に仕舞っておくべきだった私の秘密を、あなたが知っていらっしゃるからといって、私を責めるようなことはしないで下さい。あなたは私の立場を御存じでしょう。私の性格は奇怪だとか野蛮だとか人にいわれているのです。私の心は世の中の利害という利害を知らず、人々のまんなかに居ても孤独で、しかもその孤立に苦しんでいるのです。私はあなたの友情にささえられていたのでした。あなたの友情なしには生きてゆけません。私はあなたにお会いする習慣をつくってしまったのでした。この楽しい習慣が生まれ形づくられるのを、あなたは黙って見ておいででした。私は何をしたからといって、こんな悲しい暗い生活の、たった一つのなぐさめまで、失わなくてはならないのでしょう？　私は恐ろしくふしあわせです。もうこんな永い不幸を堪える気力はありません。何にも望みはありません。何もお願いはありません。あなたにお会いできさえしたらいいのです。ええ、ぜひお会いしていなくてはなりません、でないと、私は生きてゆけないのです。」

エレノールは沈黙を守っていた。私は再びつづけて、「何を恐れていらっしゃるのです？　私のお願いしていることは、あなたが誰にだってお許しになることではありませんか？　世間がこわいとおっしゃるのですか？　仰山な些事に気をとられている世間は、私の心などはわからないでしょう。それに自分の生命にかかわることですもの、どうして私が大事をとらないことがありましょう？　エレノール、私の願いをきいて下さい。あなたもまんざら楽しくないことはないでしょう。私はただあなたひとりを思って、あなたのおそばにいるのです。あなたひとりのために生きているのです。私がまだ感じることのできる幸福はみんなあなたのおかげなのです。御一緒にいれば私は苦しみも絶望も忘れてしまうのです。こんなふうに愛されるということは、あなたにとっても少しは嬉しいでしょう。」

こうして私はありとある邪魔な意見をしりぞけ、自分に都合のいい理窟を手をかえ品をかえて繰り返しながら、永い間つづけていった。私はほんとに従順だった、ほんとにあきらめていた、求めるところはほんの少しであった、もし拒絶でもされたらどんなにか不幸だったろう！

エレノールは動かされた。彼女はいくつかの条件を課した。人のたくさんいる場所で、それも決して愛をささやかないという約束で、たまにしか会うわけにはゆかないというのであった。私は彼女のいうなりに約束した。こうして、私はあやうく失いかけていた宝を取り戻すことができたし、エレノールはエレノールで、寛大でやさしく同時に用心深く振舞うことができたので、私たちはふたりとも満足であった。

私はさっそく翌日からこの許しを利用した。つづく日もやはりそうした。私の訪問が頻繁であってはならない、ということをエレノールは考えなくなった。間もなく彼女は毎日私と会うことほど簡単なことはないと思った。貞節の十年はP＊＊氏に全き信頼を抱かせていた。彼は最大の自由をエレノールに与えていた。彼は自己の属する社交界からその情婦を排斥しようとする世間に対して闘わなければならなかったから、エレノールの交際がひろまるのを見て喜んでいた。彼の眼から見れば、自分の家が人々で埋まることは、世間に対するおのれの勝利を意味するものであった。

私が行くと、エレノールの眼ざしにはいつも喜びの色が見えた。会話に興が乗ってくると、自然、彼女の眼は私の方へ向いた。誰かがおもしろい話でもすれば、彼女はきっと私を呼んで聞かせずにはいなかった。しかし彼女は決してひとりでいることはなかった。ただ無意味な言葉や切れぎれの言葉のほか何も特別にはいうことができないで幾夜が過ぎていった。私は間もなくこのような窮屈さがいら立たしくならずにはいなかった。私は憂鬱になり、無口になり、気まぐれになり、苦々《にがにが》しい口をきくようになった。自分以外の者が皆から離れてエレノールと話し合ってでもいると、私はほとんど我慢ができないで、矢庭にその話をさえぎった。人の思わくなど問題ではなかった、それどころか、彼女に禍いを及ぼすかも知れぬとの恐れさえ、必ずしも私を抑える力はなかった。彼女は私のこの変わりようを歎いた。「だって仕方がないではありませんか、」と私は我慢できないでいった。「あなたはきっと、私のためによくしてやったと思っていらっしゃるのでしょう。でもそれはお考えちがいと申すほかありません。私はこの頃のあなたが少しも理解できないのです。以前あなたは引きこもっておいででした。うるさい交際社会を避けておいででした。そもそも初めから取り上げる資格のない、そのためにの、べ、つ、に永びくあの尽きせぬ会話を、あなたは避けておいででした。だのに今ではお宅の戸口は全世界に向かって開かれています。いわば私はお宅に通して下さいとお願いすることによって、私に対するのと同様なあなたの御好意を全世界のために受けてやったようなものです。白状しますが、以前あんなにつつしみ深くていらしたあなたが、これほど浮薄な方だとは思いませんでした。」

私はエレノールの面《おもて》に不満と悲しみの色を見てとった。そこでにわかに和らぎながら、「愛するエレノール、では私は、あなたを取りまく無数のうるさい連中と区別される値打はなかったのですか？　友情《アミチエ》ってものはその秘密を持っているのではないでしょうか？　それは物音と群衆の中では、邪推ぶかく臆病なものではないでしょうか？」

エレノールは、あんまり情《つれ》ない仕打をしては、自分のためにも私のためにも危険な、無謀な行いが再びし出かされはしまいかと恐れていた。彼女の心にはもはや、絶交などという気は起こらなかった。彼女は時々ひとりっきりで会うことを承諾してくれた。するると、かつて彼女が私に課した厳しい規則の数々は急速に変わった。彼女は恋を語ることを許してくれた。次第次第にこの恋の言葉に馴れていった。そして間もなく、私を愛していると打ち明けた。

私はおのれを人の中の最大の果報者と呼び、愛と献身と永遠の尊敬とを千度も繰り返して誓いながら、彼女の足もとにひざまずいて数時間を過ごした。その語るところによれば、彼女は私から遠ざかろうとして大へん苦しんだ。そうした努力にもかかわらず、本当の心を見破ってもらえたらといくたび希《ねが》ったことか。どんなに小さな物音すらが、彼女の耳には私の到着を告げるもののように思われたことか。私に再び会った時、彼女はどんなに狼狽し、どんなによろこび、どんなに恐れたことか。かくて自分をたのむことのできない苦しさに、その胸の思いを慰めると同時にこれを用心深く隠そうとして、あのように交際場裡にあそび、以前は避けていた人ごみをさえ求めるに至ったのだという。私は最も細かな点まで彼女に繰り返し語らせた、すると数週間のこの物語が私たちには一生涯のででもあるかのように思われた。恋は一種の魔法によって、永い思い出の代わりをし、その欠除を補うものである。他の愛情はすべて過去を必要とする。が、恋は、妖術によってのごとく、一つの過去を創造し、もってわれわれを取りかこむ。いってみれば、恋は、つい最近まではほとんど他人だった人と、もう何年ものあいだずっといっしょに暮らして来たような感じをわれわれに抱かせる。恋は輝かしい一点にすぎない、にもかかわらず全時間を占領してしまうかに見える。ほんの数日前には恋はまだ存在していなかった。やがてはもはや存在しないであろう。しかし存在している限りは、それに先立った時期と、それにつづくべき時期との上に、その光を投げかける。

この落ちつきは、しかし、永くはつづかなかった。エレノールはそのあやまちの思い出につきまとわれていただけ、その弱さを警戒していた。ところで私の想像や、欲情や、自分では気づかずにいたうぬぼれの理論は、このような恋愛に対して不満であった。だから私はいつも臆病で、ともすればいら立ち、愚痴をこぼすやら、激昂するやら、エレノールに非難を浴びせるやらした。一度ならず、彼女はその生活に不安と混乱としか与えぬこの関係を断とうと企てた。一度ならず、私は哀願したり、前言を取り消したり、泣いたりして、彼女をなだめた。

「エレノール」と、ある日彼女に手紙を書いた、「あなたは私がどんなに苦しんでいるか御存じないのです。おそばにいても、離れていても、私は同じように不幸です。あなたと離れている幾時間、私は堪えがたい生活の重荷に疲れて、あてもなくさまよいます。人なかもうるさいし、孤独もたまりません。ひとの心も知らないで私を観察し、一片の同情もない好奇心と、無慈悲な驚きとをもって私を見る冷淡な人間ども、あなた以外のことについてあえて語る人間どもを見ると、この胸が死ぬほど痛みます。私は彼らを避けます、けれどひとりでいては、圧《お》しつけられた胸にはいって来る空気をさがしても見つかりません。いずれは裂けて自分を永遠に呑みこんでくれるべき大地へ私は急ぎます。身を焦がす烈しい熱を鎮めてくれるべき冷たい石の上に頭を載せます。あなたの家が見えるあの丘の方へ身を引きずってゆきます。そこに立ちどまって、決してあなたといっしょに住むことはできないであろうあの隠れ家をじっと見つめるのです。ああ、もう少し早くあなたを知っていたら、あなたは私のものになって下さることもできたでしょうに！　あなたを探していながら、あなたを見いだすのが遅すぎたばかりにあれほど苦しんだこの心、この私の心のためにと自然が造ってくれたただひとりの人であるあなたを、私はこの腕に抱き締めていたことでしょうに！　やっとこの熱病に憑かれた時が過ぎて、あなたにお会いできる瞬間が近づくと、私はわななきながら、あなたのお住いへの道をとるのです。私は道で出会う人々がみんな私の胸の思いを見破りはしまいかと恐れます。私は立ちどまったり、ゆっくり歩いたりして、幸福の瞬間を遅らせます。あらゆるものに脅かされていて、常に今にも失われそうな気がする幸福、不完全な乱されがちの幸福、おそらくは不吉な出来事や嫉妬ぶかい視線、さては暴虐な気まぐれやあなた自身の御意《おこころ》がいっしょになって、いつ何時《なんどき》ぶちこわすかも知れないあの幸福の瞬間を。閾のところに着き、扉を開きかける段になると、新たな恐怖に襲われます。私は眼にふれる物という物に赦しを求めながら、罪ある者のように進んでゆきます、すべての物が敵であり、すべての物がこれからまた私の享《う》けようとしている至福の時を羨んででもいるかのように。私はほんの小さな物音にもおびえ、身のまわりに何かがちょっと動いてもどきっとします。自分の足音にすらたじろぎます。あなたのすぐおそばにいてもなお、あなたと私とのあいだに突然何かの邪魔がはいりはしまいかと恐れます。やっとあなたにお目にかかると、私はほっとして、あなたをながめ、そして立ちどまるのです、自分を死から護ってくれるはずの土地に行き着いた亡命者のように。けれどその時でさえ、私の全身があなたの方へ飛んでゆく時には、――あれほどの苦悶の疲れを休めたり、あなたの膝の上に頭をおいたり、思うさま涙を流したりしたい時には、私は烈しく自制しなくてはなりません、あなたのおそばにいても、努力していなくてはなりません。一瞬も思いをぶちまけることはできません！　一瞬もくつろぐことはできません！　あなたの視線が私を観ています。あなたは私の狼狽を見てこまっていらっしゃいます、ほとんど侮辱をお感じになっています。あなたがともかくも恋を打ち明けて下すったあの楽しい時についで、何かしら気まずさがやって来たのです。時が経ち、新たな用事があなたを呼びます、あなたはそれらの用事を決してお忘れになることはない、あなたは別れの時を決して延ばしては下さらない。見知らぬ人たちが参ります、もはやあなたを見つめることは許されません、私は自分を取りまく疑いの目を避けるために、逃げ出さなくてはと感じます。私は前よりも一そうそわそわし、一そう胸をかきむしられ、一そう見さかいをなくして、あなたとお別れするのです、お別れすると再び恐ろしい孤絶に陥ってしまい、たとい一時にしろもたれかかったり頼ったりすることのできる人には一人にも会えないでもがくばかりです。」

エレノールはかつてこんなふうに愛されたことはなかった。P＊＊＊氏は彼女に大へん真実な愛情を傾けていたし、彼女の献身には深く感謝していたし、またその性格をも大いに尊敬してはいた。しかし彼の素振りには、自分の妻としてではなくしかも公然自分のものになった女を、どこか見下すというところが常にあった。彼は世間の眼から見たもっと立派な縁を結ぶことができたかも知れなかった、もっとも彼はそうと女にいいはしなかった、おそらく自分自身にもいいはしなかったろう、しかし口には出さなくても肚《はら》にあるものはやはりあるのだし、それに内に在るものはすべて外から見抜かれる。エレノールはその時までこのような熱情を少しも知らず、かくも彼女の存在に没入しきった存在があろうとは思ってもいなかった。私の無理な仕打や、とがめ立てはもとより、さらに激怒ですらもが、実は私がこのような存在であるということの、一段と争えない証拠にほかならなかったのである。かつて彼女の抵抗は私の感覚という感覚、観念という観念を興奮させたものであった。今や私は彼女を怖気《おじけ》づかせるあの激情的な振舞いを忘れて、従順と、やさしさと、偶像崇拝みたいな尊敬とへ戻っていた。私は彼女をこの世ならぬものとして見ていた。私の愛は宗教的崇拝の性質を帯びていた。ところでこのような愛は、彼女がこの反対の方向において辱しめを受けはしまいかと絶えず恐れていただけ、一そう彼女にとって魅力あるものであった。彼女はついに身も心もゆだねてしまった。

恋愛関係の初めにあって、この関係は永遠なるべしと信じない男に禍いあれ！ 手に入れたばかりの女の腕の中にありながら、しかもなお不吉な予見を抱き、いつかは女の腕を振りほどく時があるかも知れないと見通す男に禍いあれ！ おのが心臓に引きずられてゆく女には、その瞬間、何かいじらしい神聖なところがある。恋を汚すものは、逸楽でもなければ、自然でもなく、官能でもない。それは社会がわれわれに覚えさせる打算と、経験から生まれる熟慮反省とである。エレノールが身を任せてからは、私はそれまでよりもずっとずっと彼女を愛し尊敬した。私は人々のまん中を誇らかに歩いては、彼らの上に支配者のような視線をやった。呼吸する空気はただそれだけで楽しみであった。私はよくも自然が与えてくれた、この思いがけないめぐみ、この大きなめぐみを感謝するために、自然のふところへ飛んでいった。

第四章

恋の魅力よ、誰が御身を描くことができよう！　自然がわれわれにあてがっていてくれた存在を見つけたというあの確信！　生活の上にひろがり、その神秘をわれわれに説き明かしてくれるかに見えるあの突然の光！　何でもない事情にも結びつけられるあの知られざる価値！　かえってその楽しさのゆえに細かな点はすべて忘れられ、ただわれわれの魂に永い幸福の思い出ばかりを残すあの速くも過ぎゆく時間！　時としてゆえもなく普段の感動にまじるあの気ちがい染《じ》みた陽気さ！　愛する人とともにいる時のあのうれしさ！　また愛する人と離れている時のあの希望！　つまらない世俗の心労からのあの解脱！　われわれをめぐる物みなへのあの優越感！　われわれのいる地点ではもはや世間はわれわれに一指も染めることはできぬというあの確信！　一つ一つの考えを見抜き一つ一つの感動に応《こた》えるあのお互いの理解！　恋の魅力よ、たとい身をもって御身を感じた人も、御身を描き写すことはできまい。

Ｐ＊＊＊氏は急用で、六週間留守にしなければならなかった。私はこのあいだを、ほとんど欠かさずにエレノールのもとで過ごした。彼女は私のために払った犠牲のゆえに愛着を増したらしかった。別れ際には必ず引きとめようとせずにはいなかった。私が出てゆく時には、この次はいつ来て下さるのと訊くのであった。二時間と離れていることは、彼女には堪えられなかった。彼女は次の逢瀬の時間を細かに決めつつもなお不安がった。私は喜んで応じた。彼女の見せてくれる情《なさけ》に感謝し、幸福だったのである。とはいえ、こんなふうに一しょに暮らしていると、したくとも自由にできないことがある。前もって足の運びどころが決められていたり、こうして二十四時の使いみちが決まっていたりすると、時として不便なことがあった。私は余儀なくすべての用事を大急ぎでやってのけるようになり、大ていの交際をことわってしまっていた。知り合いから何かの遊びでも持ち出されて、普通なら別にそれをことわる理由もないときなど、何と答えていいかわからなかった。エレノールのそばにいれば社交生活の楽しみなどは惜しくはなかった。もともとそんな楽しみにはあまり興味を持ったことのない私だから。しかし私としては、社交生活と縁を切るにしても、もっと自由に切らせてもらいたかった。時間になった、彼女が気づかって待っている、などと考えないで、また、彼女と会うことの喜びに彼女の心配の影が射すことなしに、ただ自発的に彼女のそばにゆくことができたら、私は一段の楽しさを味わっていたであろう。疑いもなくエレノールは私の生活にあって一つの強い喜びではあった、しかし彼女はもはや一つの目標ではなくて、一つのきずなとなっていた。それに私は彼女の身をあやうくさせはしまいかと恐れていた。私が絶えず彼女の家にいることは、彼女の召使たちや子供たちの目をひき、かれらを驚かしたにちがいなかった。私は彼女の生活をかき乱しでもしてはとびくびくしていた。所詮ふたりはいつまでも結ばれているわけにはゆかない、とすれば彼女の平安を尊ぶことは自分の神聖な義務であると感じられた。だから彼女に愛を保証しながらも、気をつけるようにと忠告していた。しかしこの種の忠告を与えれば与えるほど、彼女は耳傾けようとはしなかった。同時に私は彼女を悲しませることをひどく恐れていた。彼女の顔に苦痛の色が現われるや否や、私は彼女のいうなりになった。彼女が私に満足している時でなければ楽でなかった。ぜひともしばらくのあいだ遠ざからねばならぬということを力説して、やっと彼女のそばを離れると、私ゆえに辛《つら》い思いをしている彼女の姿がどこへ行っても眼の前にちらつく。私は烈しい悔恨の念にとらえられ、それが刻々に昂まって、ついには堪えがたくなる。私は彼女の方へと飛んでゆき、彼女を慰めなだめるのを楽しみにして待つ。しかし彼女の住いに近づくにつれて、この女の不思議な力に対する一種の腹立たしさが、他のいろんな感情にまじって来るのであった。エレノール自身も激烈だった。思うに、彼女は、私に対して、これまでどんな男に対しても覚えたことのない感情を感じていたのであろう。これまでの男との関係では、その人の世話を受けているというので、彼女の心はいたましく傷つけられていた。しかるに私に対しては彼女は全く気楽であった、私たちがお互いに全く平等だったからである。彼女は一切の打算と利害とを離れた愛によって、われとわが眼に自己を高めていた。彼女が私を愛するのはもっぱら私のためであるということを、私が確信しているのを彼女は知っていた。しかし彼女がすべてを私にゆだねきっている結果は、私に対してその心の動きを少しも隠さないということになった。思ったよりも早く戻って来たのにいら立ちながら、彼女の部屋にはいると、彼女は悲しげであるかじれているかであった。私は、彼女と離れていては、彼女が自分と離れて苦しんでいるだろうと思って二時間も胸を痛め、さて彼女のそばに来ては、彼女をなだめ終わるまでにまた二時間も苦しむのであった。

とはいえ私は不幸ではなかった。たといしつこくとも、愛されることは悪くないと思った。私は彼女によいことをしてやっていると感じていた。彼女の幸福は私に無くてならぬものであった、そして私はまた自分が彼女の幸福に無くてはならぬものだということを知っていた。

それに、単に物事の自然からいっても二人の関係は永つづきできないという漠然とした考え、多くの点で悲しいこの考えが、それにもかかわらず、私の疲れや焦燥の発作を鎮めるのに役立っていた。エレノールとP＊＊＊伯爵との関係、私たちの年齢の不釣合、境遇のちがい、すでに種々の事情で遅れてはいるが、しかし近きに迫っている私の出発、すべてこれらのことを考えると、できるだけの幸福をなお与え、また受けたく思わずにはいられなかった。私は数年は大丈夫だと思っていたので、一日や二日の時日を争いはしなかった。

P＊＊＊伯爵が帰ってきた。彼は間もなく、私とエレノールとの関係を嗅ぎつけずにはいなかった。彼は一日一日と冷やかな暗い様子で私を迎えた。私はエレノールに、その身に迫る危険を強く話した。しばらく私の訪問を止めさしてはくれまいか。世間の思わくや、財産や、子供たちのこともあるではないか。彼女は永いあいだ黙々として私の言葉に耳を傾けた。彼女は死のように蒼かった。「どちらにせよ、」とついにいった、「あなたは間もなくお立ちになるのです。でもまだその日は来ないのですもの、取り越し苦労をしてはいけません。わたしのことは心配なさらないで下さい。来る日くる日の時間を惜しみましょう、わたしには日々の時間さえあればいいのです。アドルフ、わたしは何かしらあなたに抱かれて死にそうな気がします。」

私たちはこうして以前の通りに暮らしつづけていった。私は依然として不安にかられ、エレノールは依然として悲しみにとざされ、P＊＊伯爵は案じ顔にむっつりしながら。ついに、待っていた手紙が届いた。父はそのそばへ帰るようにと私に命じていた。私はこの手紙をエレノールに持って行った。「もうなの、」と彼女は読み終わっていった、「こんなに早いとは思わなかったわ。」それから泣きくずれ、私の手を取って、「アドルフ、わかって下さるでしょう、わたし、あなたなしには生きてゆけないのです。わたしの行末がどうなるのやら、それは知りません、けれどまだ立たないで下さい。何か口実をつくって下さい。あなたの滞在をあと半年延ばして頂くよう、お父様にお願いして下さい。だって半年が、そんなに永いでしょうか？」私は彼女の決心をひるがえさせたかった、しかしいかにもさめざめと泣き、わなわなと身をふるわしているし、その面《おもて》には悲痛な苦しみがありありと見えたので、言葉をつづける由もなかった。私は彼女の足もとに身を投げ、彼女をかき抱き、わが愛の渝《かわ》らぬことを誓って、父へ手紙を書くために外に出た。事実、私はエレノールの苦しみで喚び起こされた興奮でもって手紙を書いた。出発の遅れる理由をあれやこれやと並べ立て、ゲッティンゲンで聴講できなかったいくつかの講義をD＊＊＊の町で聴講しつづけることの利を強調した、かくて手紙をポストに托した時には、父の承諾を熱心に待ち望む私であった。

夕方、ふたたびエレノールのもとへ行った。彼女はソファに掛けていた。P＊＊＊伯爵はやや離れて、煖爐のそばにいた。二人の子供たちは、自分たちにその理由がわからぬ騒ぎに感づく時に子供たちが表わすあの驚きを顔に浮かべ、たわむれもしないで部屋の奥にいた。私は望みをかなえてやったという意味を身ぶりでエレノールに知らせた。と、その眼に歓喜の光がちらと輝いたけれど、それも束の間であった。私たちは一言も交わさなかった。沈黙は三人の者みんなにとって気まずいものになっていた。ついに伯爵が口を切って、「あなたはすぐにもお立ちなさるとの話だが。」という。それは知らなかった、と答えると、彼は言葉を返して、「あなたの年頃で、いつまでも職につかずにいるのはよくないと思う。それに、」とエレノールを見つめながらつけ加えた、「世間が皆ここで私と同じ意見だとはいえますまいからな。」

待つほどもなく父の返事が来た。私は手紙をひらきながらふるえて、もしも拒絶だったら、どんなにかエレノールが苦しむだろうと思った。それどころか、おそらくは自分もその苦しみを彼女とひとしく痛烈に感じたであろうとさえ思われた。しかし父が承諾を与えているのを見ると、滞在を延ばした場合のあらゆる不便・不都合が突如として胸に浮かんで来た。「窮屈と束縛とがまだ半年もつづくのか！」と私は叫んだ、「半年、この間自分は自分に好意を見せてくれた人を辱しめ、自分を愛してくれる女を危険にさらし、人に敬われて静かに暮らせる唯一の位置を彼女から奪いかねず、あまつさえ父を欺くのだ、しかも何のために？　遅かれ早かれ避けがたい苦痛に一瞬間だけ立ち向かう勇気がないからだ！　だがその苦痛を、われわれは毎日なしくずしに、一滴ずつ嘗《な》めているのではないか？　自分はエレノールに害をなすばかりだ。今のままの自分の気持では、彼女を満足させることはできない。自分は彼女のために身を犠牲にしてはいるが、彼女は幸福にはなれず、自分はといえば、独立もできぬし、一瞬の自由もなく、一時間と落ちついて息もつけないで、ここで無為に暮らしている。」私はこのような考えにふけりながら、エレノールの家にはいった。彼女はひとりでいた。「私はまだ半年います。」「ずいぶんさっぱりしたおっしゃり方ですこと。」「それは実をいうと、私がここにぐずぐずしているためにお互いにとってよくないことになるといけないからです。」「わたしにはともかくあなたにはそれほど御迷惑なことになるとは思いませんけれど。」「エレノール、あなたはよく御存じのはずです、私が一番気にしているのは決して自分のことではないのです。」「でも、他人《ひと》の幸福のことでもありませんわね。」会話は嵐をはらんでいた。エレノールは当然私にも喜んでもらえると思っていた折も折、私が後悔したのでそれに傷つけられたのであり、私は私で彼女のために以前の決心をひるがえさせられたのが口惜しかった。いさかいは烈しくなった。私たちは互いに非難をあびせ合った。彼女は、私から欺かれ、一時の慰みものにされ、おかげで伯爵にうとんじられ、生涯抜け出ようと努めていたいわゆるいかがわしい位置に再びつき落された、といって私を責めた。私はひたすら彼女への服従と、彼女を悲しませてはとの心づかいとからしたことが、こんなふうに悪くとられるのを見ると腹立たしかった。私は自分の束縛された生活や、無為の中につかい果たされた青春や、自分のする事なす事を左右する彼女の横暴を歎いた。私はこう語ってゆくうちに、彼女の顔が俄《にわか》に涙に曇るのを見た、そこで私は立ちどまり、くびすを返して、いったことを取り消し、かれこれと弁解した。私たちは抱き合った。しかし最初の一撃は加えられ、最初の垣は越されていた。二人とも取り返しのつかぬ言葉を口にしてしまっていた。私たちは口をつぐむことはできた、しかし一度口にした言葉を忘れることはできなかった。世には永いことお互いが口に出さずにいる事柄がある、しかしひとたび口に出されたが最後、それは絶えず繰り返されずにはいない。

こうして私たちは、この強《し》いられた関係のもとに四カ月を暮らした。時には楽しくもあったが、完全に自由だったためしは決してなく、そこではまだ喜びにはゆきあたるものの、もはや魅力は見つからなかった。とはいえエレノールの心は私を離れてはいなかった。どんな烈しいいさかいの後ででも、彼女は私たちがこの上もなく穏やかな、この上もなくむつまじい仲ででもあるかのように、いそいそとして私を迎え、注意ぶかく逢瀬の時を決めるのであった。よく考えたことであるが、ほかならぬ私のやり方がエレノールをこのような気持にさせておくのにあずかって力があったのであろう。もしも彼女が私を愛していたように私が彼女を愛していたら、彼女はもっと落ちついていたであろう、したがって彼女の方でも自分の冒している危険を反省していたであろう。しかし用心は私の方から出たものであったがゆえに、彼女はすべての用心を嫌ったのである。彼女はひたすらその犠牲を私に押しつけようとばかりしていたので、自身の犠牲をかぞえ立てはしなかった。彼女はその時間と力とを挙げて私を失うまいと努めていたので、私に対して冷淡になるいとまはなかった。新しく決まった私の出発の時が近づいていた、それを思うと私は、癒えるのは確実ながら痛い手術を受けなければならぬ人の経験するような、喜びと未練とのまじった感じを覚えるのであった。

ある朝、すぐ来るようにとの手紙がエレノールから届いた。「伯爵はあなたを家《うち》にお通ししてはならないと申します。あんなひどい命令には従いたくありません。わたしはあの人が追放された時にもついて行き、財産も救ってやりましたし、いつもためを思ってつくして来ました。今はあの人もわたし無しでやってゆけるでしょう。わたしは、あなた無しでは生きてゆけないのです。」こんなわけのわからぬ計画を思いとどまらせようとして、私がどんなに口を酸っぱくしたかはいうまでもない。世間の口があるではないか、というと、――「世間はいつだってわたしに対して正しかったことはありません。わたしは十年のあいだ、どんな女よりも忠実に義務を果たしたのです。でも、世間がわたしを除《の》け者にするのに変わりはないのです。」私は彼女に子供たちのことを思い出させた。――「わたしの子供はP＊＊の子供です。あの人は認知しましたから、面倒を見るでしょう。子供たちは母親を忘れるのが却っていいのです。わたしは子供たちの恥になるばかりなのですもの。」私は哀願を重ねた。「ねえ、わたしが伯爵と別れたら、あなたは会って下さらないの？」ここで私の腕をぞっとする程はげしくとらえながら、彼女は言葉をつづけて、「ねえ、会って下さらないの？」「そんなことがあるものですか、」と私は答えた、「あなたが不幸になればなるほど、私はあなたに身をささげるつもりです。だが考えてもみて下さい……」「みんな考えたあげくのことですわ、」と彼女はさえぎった、「もうあの人が帰ってくる頃です。さあ、お帰りになって下さい、二度とここへいらしてはいけません。」

私はその日の残りを、いいようのない懊悩の裡に過ごした。二日が経ったけれど、エレノールのうわさは聞かなかった。私は彼女がどうなったかわからないのが苦しく、彼女に会わないでいることすら苦しかった、そして彼女と切り離されていることがこうも辛《つら》いものかと驚いた。とはいえ、彼女のために私があれほど恐れていたあの決心を断念していてくれたらと願い、またそうなるにちがいないとひそかに期待しかけていた、そのとき一人の女が一通の短い手紙を届けて来た、それは某街、某家の四階へ、会いに来てくれとの、エレノールの手紙であった。P＊＊＊氏の家では迎えることができないので、もう一度だけ他の所で最後の別れを惜しみたいというのであればいいが、と私はなおも望みをかけながら、示された場所へかけつけた。彼女は定住の支度をしているところであった。満足げな同時におずおずした様子で、私の眼の中に私の感じを読もうと努めながら、私の方にやって来た。「みんな片がつきました。わたしは全く自由です。わたし個人の財産から七十五ルイの年金がはいります、これで充分です。あなたはまだここに六週間いらっしゃるわね。お立ちの時は、わたし、多分おそばにゆけるでしょう。それにきっと、また会いに来て下さるわね。」そして返事を恐れてでもいるかのように、その計画の詳細をくどくどと話し出した。彼女は幸福になるであろう、彼女は何ら私のために犠牲を払ったのではない、その採った決心は私にはかかわりなく、彼女として適当なやり方であった、ということを私に納得させようとして、彼女は千々に心を砕いた。彼女がひどく無理な努力をしてい、おのれの言葉を半ばしか信じていないのは明らかであった。彼女は私の言葉を聞くのを恐れて、自分の言葉で自分をまぎらしていたのである。私の反対によって再び絶望に陥る時の来るのを遅らせるために、自分の話を活発に永びかせていたのである。私の心の中には、彼女に反対を唱える理由は少しも見出せなかった。私は彼女の犠牲を容れ、感謝し、うれしいと彼女にいった。いや、それどころではない、自分はいつも、何か取り返しのつかない決定を下してしまって義務として彼女から離れられないようになればいいが、と思っていたとさえ彼女に保証した。今までためらっていたのは、彼女の境涯をくつがえすようなことに同意するわけにはゆかぬ、という遠慮があったからであるとした。つまり一言にしていうなら、私は彼女に一切の苦痛、一切の危惧、一切の悔恨、私の思わくについての一切の不安を、忘れさせようというよりほかに他意はなかった。私は彼女に話しているあいだ、この目的以上のところは少しも見ていなかったし、そのとき与えた約束の数々はまごころからのものであった。

第五章

エレノールとP＊＊＊伯爵との離別は予測するに難くない反響を呼んだ。エレノールは十年間の献身と貞節との成果を一瞬にして失った。臆面もなく次から次へと好きな男に身を任せてゆく階級のすべての女たちと混同されるに至った。子供たちを見すてたかどでは非道の母親と目せられた、そして非の打ちどころのない声望を有する婦人連は満足げに繰り返して、女性に最も大切な徳の忘却はやがて他の一切の徳の忘却をもたらすものであるといった。同時に人々は私を責める楽しみを失うまいとして彼女に同情した。私の行為は女たらし、恩知らずの行為であるとされ、私は自分を歓待してくれた人の好意を踏みにじったのみか、尊敬すべくまたいたわるべきだった二人の者の平安を、一時の出来心の犠牲に供したといわれた。父の数人の友人たちは厳しい意見をいって来た。他の、それほど私に親しくない人々は、遠廻しなあてこすりで非難をほのめかした。これに反して青年たちは、私が伯爵に取って代わったそのやり方の巧みさに魅せられたらしく、抑えようとしても私の力に及ばない無数の諧謔を弄して、私の征服を祝し私の例に倣わんことを約した。この手きびしい批判とこの恥ずべき称讃とがどんなに苦しかったかは筆紙に尽すべくもない。もしも私がエレノールに対して愛を抱いていたら、私は私たち二人に対する世間の意見を再び有利に導けたであろうと確信する。真情の力は非常なものであるから、ひとたびその真情が口をきく暁には、曲解や、こしらえものの世俗の掟は沈黙してしまう。しかし私は、弱い、恩を知る、そして女に圧《お》された男にすぎなかった。何ら心からほとばしり出る衝動にささえられてはいなかった。だからしどろもどろな口をきき、会話を切り上げようとあせり、もしまた会話が永びきでもすれば、何かつっけんどんな言葉で打ち切って、今にも喧嘩を売りそうな様子を人々に見せるのであった。実際、私としては彼らに返事をするくらいならむしろ彼らと決闘した方がよかった。

エレノールは間もなく世評が自己に不利になっているのに気づいた。P＊＊＊氏の親類の者で、伯爵の権勢に恐れてやむなくエレノールとつき合っていた二人の女が、永いあいだ抑えられていた敵意を思うさま振りまわす時が来たのにほくそ笑みながら、厳格な道徳の原則の美名にかくれて、二人の関係の破綻を最も仰山にはやし立てた。男たちは相変わらずエレノールを訪れたが、彼らの態度にはどことなく馴れなれしさが加わった、それは彼女がもはや有力な保護者の後援をも持たず、また以前のようにほとんど正式の結婚でもって身を固めてもいない、ということを示すものであった。或る人々が彼女を訪れるのは、当人どもの言葉によると、彼らがいつも彼女と知り合っていたからである。また他の人々が訪れるのは、彼女が未だに美しく、このたびの浮気が彼らに再び野心をいだく余地を与えたからで、彼らはその野心を彼女の前に隠そうともしなかった。誰もがめいめい彼女とおのれとの関係に理窟をつけていた、すなわち誰もが彼女との関係には弁解が必要であると考えていたのである。こうして不幸なエレノールは生涯抜け出したがっていた境遇に永久に落ちることとなった。すべてが彼女の魂を傷つけ、彼女の誇りを傷つける種であった。彼女は、ある人々が来なくなったのを見ては軽蔑されたのだと思い、また他の人々が足繁く訪ねて来るのを見ては、無礼な野心を抱いているのだと思った。彼女は孤独にいては苦しみ、人の中にいては恥じた。ああ！　むろん、私は彼女を慰めるべきであったろう、彼女をこの胸に抱きしめて、こういうべきであったろう、「お互いのために生きましょう、私たちの本当のことを知らない人間どもは忘れましょう、ただお互いの尊敬と愛とで幸福に暮らしましょう。」私はそれもやってみた。

だが消えゆく感情をかき立てようとしても、義務から出た決心に何ができようか？

エレノールと私とは、互いに隠し立てをしていた。彼女は自らの払った犠牲が私の要求に出たものでないことをよく承知していたから、その結果である苦痛をあえて私に打ち明けなかった。私は私でこの犠牲を受け容れてしまっていたのだし、前もって知っていながら避ける力のなかった不幸を今更かこつわけにはゆかなかった。それゆえ私たちは絶えず気にかかっている唯一の考えについては口をつぐんでいた。私たちはやたらに愛撫し合い、愛を語り合った、しかし愛を語ったのは、ほかのことを語り合うのがこわかったからである。

愛し合う二つの心のあいだに一つでも秘密が介在するようになったら、またひとりがたとい一つでも考えを相手に隠す気になったら、もうそれっきり魅力は破れ、幸福はこぼたれてしまう。激怒、不当な仕打、いや、放心でさえも償いはつく。しかしこの隠し立てばかりは愛の中に愛とは無縁な要素を投げ入れて、愛を変質させ、愛を《愛》の眼に対して萎《しお》れさせるものである。

奇怪な矛盾であるが、私はエレノールに対するあてこすりだとどんな些細なものでもこの上なく憤慨してしりぞけたくせに、普通一般の会話では彼女の顔に泥を塗るのに自ら手を貸すようなことをした。私は彼女の思うとおりになってはいたが、およそ女というものの力を恐れていた。私はかれらの弱さ、かれらの要求の多さ、かれらの苦悩の横暴さを、ののしってやまなかった。私は最も苛酷な主義を標榜した、そして、一滴の涙にもさからいえず、無言の悲しみにも負け、女と離れていては女に与えた苦しみのすがたにつきまとわれるこの同じ男が、口を開いては必ず人を軽蔑した無慈悲な男になるのであった。私がエレノールのことを直接にはどんなに称讃しようと、それは今いったような言葉の与える印象をこわすものではなかった。人々は私を憎み、彼女に同情した、しかし彼女を尊敬はしなかった。同性たる女性に対する敬意と心のきずなに対する尊敬とをその愛人に吹きこみようが足りなかったというのが彼女への非難であった。

かねてエレノールのもとに来ていた男で、P＊＊＊伯爵との絶縁このかた彼女に夢中になっていたのが、無遠慮につきまとってやむなく出入りを禁じられたあげく、彼女に対して侮辱的な言辞を弄したのを、私は見ていられない気がした。私たちは決闘した。私は彼に深手を負わせた。私自身も傷ついた。この事件のあとでエレノールが私に会った時、彼女の面にあらわれた狼狽と恐怖と感謝と愛との入りまじった表情は、到底筆紙に尽しがたい。彼女は私の辞退にもかかわらず、私の家に泊りこんだ。傷がなおりかける頃まで、片時も私のそばを離れなかった。昼間は本を読んでくれるし、夜はほとんど眠らずにみとってくれた。ちょっとの身動きにも注意し、ほしいと思うものは何でも察してくれた。彼女の悧発な親切はその能《はたらき》を増しその力を倍化していた。彼女は私が死んででもいたら自分も生きてはいなかったろうと絶えず私に断言した。私は情《なさけ》に感じ、良心の呵責にさいなまれていた。かくも渝《かわ》らぬかくもやさしい愛着に報いるだけのものが自分の心の中に見いだせたらと思った。私は、追憶や、想像や、さらには理性や、義務観念にまでも、救いを求めた。が、甲斐なき努力であった！　立場の困難、いずれは私たちを裂くに決まっている未来、おそらくはまた断ちがたいきずなに対する一種の反抗心、といったものが私を内に悩ましていた。私は女に隠そうと努めているわが身の忘恩を自ら責めた。彼女がその身に無くてならぬ私の愛を疑っているように見える時には、私は悲しかった。とはいえ、彼女がこの愛を信じているように見える時には、それに劣らず悲しかった。私には彼女が自分よりもすぐれているような気がした。彼女にふさわしからぬ自分がさげすまれた。愛して愛されないのは恐ろしい不幸である。しかしもはや愛していない女から熱烈に愛されることは実に大きな不幸である。エレノールのために賭したばかりのこのいのち、彼女が私なしに幸福になるためとならば、私はこのいのちを千度でも差し出したであろう。

父が与えた六カ月の期限は切れていた、出発を考えなければならなかった。エレノールは私の出発に反対は唱えなかった。出発を遅らそうとも試みなかった。ただ二カ月後に私が彼女のそばへ戻って来るか、さもなければ彼女に私の跡を追わせてくれるか、そのどちらかを約束してくれというのであった。私はおごそかにこれを誓った。彼女が自己と闘っており、その苦悩を抑えているとわかっている瞬間であってみれば、たといどんな約束を持ちかけられたにせよ、それを承諾せずにいられたろうか！　彼女は私にそばを離れてくれるなとせがめないことはなかった。私は心の底では、彼女の涙には到底さからえなかっただろうと知っていた。私は彼女がその力を用いないのを感謝した。そのために一そう彼女を愛しているような気がした。それに私自身にしても、あれほど一途に尽してくれた女と別れるのだから、何といっても名残り惜しさはひとしおであった。永くつづいた情交にはそれほど深い何ものかがある！　情交はいつの間にかわれわれの生活のそれほど緊密な一部となる！　われわれは遠くからだと、平然として情交を絶つ覚悟を決め、その覚悟を実行に移す時期の到来を待ちこがれていると思いこんでいる、しかしいざとなれば怖気《おじけ》づいてしまい、そして実にわれわれの心というものは哀れにも奇怪なもので、そばにいてはおもしろくなかった人とでも、別れるとなればおぞましくも胸の張り裂ける思いがするのである。

私の不在のあいだ、私は規則正しくエレノールに手紙を書いた。私は自分の手紙が彼女に苦痛を与えはしまいかと恐れつつも、ありのままの感情でなければ伝えたくなかった。私は彼女に私の心を見破ってもらいたかった、それも悲歎に暮れたりしないで。私は愛という言葉の代わりに、愛情とか、友情とか、献身とかいった言葉を使うことができた時には喜んだ。しかし、慰めとては私からの手紙しか持たない、悲しくひとりぼっちの、あわれなエレノールの姿を、ふいに思い浮かべると、冷たい形式一点張りの二ページの最後に、彼女を新たに欺くのに適した熱烈な文句ややさしい文句をあわてて書き足すのであった。こうして私は、彼女を満足させるだけのことは決していわなかったが、彼女を欺くだけのことは常にいっていた。さても不思議な種類のいつわりよ、ほかならぬこのいつわりの成功が私に禍いし、私の苦悩を永びかせ、そして私に堪えがたいものとなっていたのである！

私は流れゆく日と時とを、不安をもってかぞえていた。時の歩みのゆるやかなれかしと祈っていた。約束を果たす時期が近づくのを見ておののいていた。出発の手だては一つも考えつかなかった。エレノールを自分と同じ町に住まわせる工夫も見つからなかった。おそらく、何を隠そう、おそらく私はそれを望んではいなかった。私は束縛のない静かな今の生活を、女の情熱であわただしくも乱されがちな責苦の生活に比べていた。私はいま自由で、誰のおせっかいも受けずに、行ったり来たり、出たり帰ったりすることのできるのがいかにも気楽であった！　いわば私は、女の愛に疲れた身を、世間の人々の冷淡さの中で休めていたのである。

とはいえ私は私たちの計画を断念したがっているということをエレノールにほのめかす勇気はなかった。彼女は私からの手紙によって、私が父のもとを離れることの難きを悟っていた。したがって彼女の方で出発の用意にかかったと書いて寄越した。私は彼女の決心に反対しようともせず永いあいだぐずぐずしていた。この点に関してはっきりした返事は何も与えなかった。ただ漠然と、彼女の決心を知ることは自分として常に嬉しいむねを述べ、ついで、彼女を幸福にしてやることも、とつけ加えていた。悲しい曖昧さよ、しどろもどろの言い廻しよ、私はこの言い廻しのかくもあやふやなことにいかにうめき、しかももっとはっきりした言い方をすることをいかに恐れたことか！　私はとうとう率直に語ろうと決心した。それは当然の義務だと自分にいいきかせた。私は自分の弱さに抗して良心を起たしめた。率直に語ったらさぞ彼女は苦しむことだろうが、それも彼女に休らいをえさせるためだ、と考えて自ら力づけた。私は彼女にいおうと思い立ったことを声高に誦しながら、室内を大股に歩き廻った。しかし数行書くか書かないかのうちに私の考えは変わった。私はもはや自分の言葉をそれが持つべき意味では見ないで、それがもたらすにちがいない結果で見た、かくて不甲斐ない私の手はいわば我にもあらず人力以上の力に操られ、数カ月出発を見合わせるようにとすすめるにとどめた。私は心中を明かさなかったのである。私の手紙には真率なところは少しもなかった。そこに述べ立てられた理窟は脆弱であった、それはまことの理窟ではなかったから。

エレノールの返事は激烈であった。彼女は私が会いたがらないのを憤っていた。彼女が何を私に願ったというのか？　人に知られず私のそばで暮らすことである。誰ひとり彼女を知る者のない大きな町のまん中の、ひそやかな隠れ家に彼女がいたからといって、私は何を恐れることがあろう？　彼女は私のために、財産も、子供も、評判も、すべてを犠牲にしたのであった。彼女がその犠牲のお返しとして要求しているのは、ただつつましい奴隷として私を待ち、毎日数分間を私といっしょに過ごし、私から与えてもらえる束の間を楽しむことだけにすぎない。彼女は私の二カ月の不在はあきらめていた、それもこの不在が必要であると思われたからではなくて、私がそれを望んでいるかに見えたからである、だのにいたましくも日に日を重ねて、やっと彼女が私自身の約束した期限に達した時になって、私はあの永い苦痛をまたも繰り返させようというのだ。彼女はひょっとすると誤っていたのかも知れない、冷酷無慚な男にいのちをささげていたのかも知れない、むろん私はどうしようと勝手である、しかしすべてをささげて慕った男に棄てられた彼女を、強《し》いて苦しませるという法はない。

エレノールはこの手紙にすぐ続いてやって来た。彼女はその到着を知らせた。私は多くの喜びを見せてやろうと固く決心して彼女のもとへ赴いた。一刻も早く安心させ、ともかく一時的にせよ、幸福か落ちつきかを獲させてやりたかった。しかし彼女は傷つけられていたのである。疑わしそうに私をじろじろ見た。やがて、私が努めているのを見抜いた。彼女はその非難で私の誇りをいら立たせた。私の性格をけなした。私は自分の弱さをいかにも惨めにいわれるので、自分の弱さを憤るよりも、彼女の仕打を怨んだ。狂気じみた憤怒が私たちをとらえた。すべての容赦は棄てられ、すべての慎《つつし》みは忘れられた。激怒によって互いにけしかけられたとでもいおうか。私たちは最も和しがたい憎悪の赴くままに罵り合った、かくてこの二人の不幸な人間は、地上で知り合いのただ二人であり、互いに正しく認め合い、理解し合い、また慰め合うことのできるただ二人であったのに、今はつかみ合いに夢中の、不倶戴天の敵《かたき》同士であるように見えた。私たちは三時間のいさかいの後に別れた、しかも生まれて初めて、いいわけもせず、仲なおりもせずに別れた。エレノールから遠ざかるや否や、深刻な苦痛が怒りに代わった。いましがたの出来事にすっかり茫然となって、気ぬけしたかのようであった。私は驚きあきれながら、自分の言葉を心に繰り返してみた、どうしてあんな振舞いをしたのかわけがわからず、いったい何であんなに取り乱したのかと自分でもいぶかられた。

夜は非常におそかった。エレノールのもとへ引き返す勇気はなかった。翌朝早く会おうと決心して父の家に帰った。たくさんな人がいた。多数の集いの中では、人を離《さ》け、心の乱れを隠すのは容易であった。私たちだけになった時、父はいった、「たしかＰ＊＊伯爵の昔の囲い者がこの町にいるという話だね。わしはいつもお前に大きな自由を与えておいたのだし、かつてお前たちの関係を少しも知ろうとは思わなかった。だが、お前の年齢《とし》で公然情婦《おんな》を持つのは似合わしからぬことだからな。いっておくが、女がここを立ち退《の》くように処置をつけといたから。」そういい終って、父は私を離れた。私は父の部屋までついて行った。父は引き取るようにと合図をした。「お父さん、」私はいった、「僕がエレノールを呼び寄せたのでないことは神様も御存じです。僕はほんとにあの女の幸福を祈っていますし、あの女の幸福のためとなら二度と再び会わぬようにも致しましょう。ですが、気をつけて下さい。あなたは僕をあの女から離すつもりでいて、かえって永久に結びつけてしまうことになるかも知れませんよ。」

私は、旅のあいだつれていた召使で、エレノールと私との関係を知っている男を、時を移さず呼び寄せた。父がとった処置というのはどんなことなのか、できれば即刻聞き出すようにと命じた。男は二時間たって戻って来た。他言しない約束で、父の秘書が男に打ち明けたところによると、エレノールは翌日、退去命令を受け取るはずだとのことであった。「エレノールが追っぱらわれるなんて！」と私は叫んだ、「汚名を被《き》せられて追っぱらわれるなんて！　ただおれだけのためにここに来たあの女が！　おれのために胸をかきむしられたあの女が！　涙を流すのをおれが無慈悲に見ていたあの女が！　おれのせいで世間の尊敬を失ったあの不運な女は、そうなればこの世間をただひとりさすらいながら、いったいどこにその頭を休めようというのだろう？　誰にその苦しみを語ろうというのだろう？」やがて私の決心は決まった。私は召使を抱きこんで、しこたま金を与え、かつその他の報酬を約した。一台の駅馬車を朝の六時に町はずれへ用意しておくようにと命じた。私はエレノールとの永遠の結合のために無数の計画を立てた。私はそれまでにないほど彼女を愛していた。私の全心が再び彼女へ帰っていた。私は彼女をかばうことを誇っていた。彼女をこの腕に抱きたくてたまらなかった。愛がそっくり私の魂に戻っていた。私は、頭に、心臓に、官能に、熱を覚えて、身は転倒させられていた。もしも、この時、エレノールが私の手を逃れようとでもしていたら、私は彼女を引き留めるためにその足もとで死んでいたであろう。

夜が明けた。エレノールのもとへかけつけた。彼女は臥《ふせ》っていた、一夜を泣きあかして。眼はいまだに濡れ、髪は乱れていた。私がはいって来たのを見て、不意を打たれたらしい。「さあ、」と私はいった、「発《た》とう。」彼女は答えようとした。「発とう、」と私はつづけて、「君はこの地上で私のほかに保護者があるのか？　友だちがあるのか？　私の腕が君の唯一の隠れ家ではないか？」彼女はさからった。「重大な理由があるのだ、」と私はつけ加えた、「それも一身上の理由が。おねがいだ、私についてくるのだ。」私は彼女を引きずった。道みち、彼女に愛撫をあびせ、彼女を胸に抱きしめ、彼女の問いに対しては接吻でのみ応《こた》えた。とうとう私は彼女にいった、自分は父にわれわれを引き離す意図のあるのを知るや、彼女なしには幸福でありえないと感じていたということ、自分は彼女にいのちをささげ、あらゆる種類のきずなでわれわれを結びつけたく思っているということを。彼女の感謝は最初のほどは非常なものであった、しかし彼女は間もなく私の話の中の矛盾を見破った。せがみにせがんで、私に事実を吐かせた。彼女の歓喜は消えうせた。その顔には暗い曇《くも》がかかった。「アドルフ、」と彼女はいった、「あなたは御自分のことを思いちがいしていらっしゃるのです。あなたが御親切にして下さり、わたしに身をささげて下さるのは、わたしが迫害を受けているからです。あなたは愛を持っていると思っていらっしゃるけれど、本当はお情《なさけ》だけなのですわ。」なぜ彼女はこの忌まわしい言葉を発したのであろう？　なぜ彼女は私が知らずにいたかった秘密をあばいたのであろう？　私は彼女を安心させようと努めた。おそらくはそれに成功した、しかし真理はすでに私の魂を横切ってしまっていたし、感動はぶちこわされていた。私は自分の犠牲はあくまで覚悟はしていた、しかし、その犠牲に幸福を覚えることはもはやなかった、そしてすでに私の裡にはまた隠さなければならなくなった一つの考えがあった。

第六章

私たちが国境に着くや否や、私は父へ手紙を書いた。私の手紙は恭順ではあったが、底には一抹の苦々《にがにが》しさがあった。父が私たちの仲を裂こうとしながら、かえって緊密にしたのがうらめしかった。エレノールが適当に身を落ちつけて、もはや自分を必要とせぬ時にならなければ、彼女から離れるわけにはゆかぬ。あんまり彼女に食ってかかって、そのため依然として彼女にくっついていなければならないような羽目に陥れてはくれるな、と私は父に歎願した。私は父の返事を待って、身の落ちつき方を決めようとした。その返事はこうであった、「お前は二十四になる、私はかつて用いたこともなく、今や期限の切れかかっている権力を、お前に対して行使しはすまい。お前の今度の奇怪な行動はできる限り隠しさえしよう。私の命を受けて私の用事で出発したとの噂を立ててやろう。入費はいくらでも送って上げる。お前の送っている生活がお前にふさわしくないことは、やがてお前自身で覚るだろう。お前の家柄、お前の才能、お前の財産は、祖国も持たず素性もわからぬ女の伴侶とは別の位置を、お前にあてがっていたはずである。お前の手紙はすでにお前の自己不満を示している。思ってもみるがよい、自ら恥じる状態を永びかすことは何の益にもならぬ。お前は最も美しい青春の幾年を無益に消している、そしてこの損失は取り返しがつかない。」

父の手紙は匕首《あいくち》で千度も刺される思いがした。父のいっていることは、自分でもいくたびとなく考えたことであった。私は埋もれてなすこともなく流れ去る自分の生活を百度も恥じていた。父の手紙が非難や脅迫であったら、まだしもだったろう。そしたらさからうことにいくらかの名誉を認めることもできたろうし、また、襲いかかる危難からエレノールを守るために、全力を集中する必要を感じることもできたろう。しかし、危難はなかった。私は完全に自由に任されていた、そしてこの自由は好きで選んだかに見えるくびきを一段と堪えがたいものにするばかりであった。

私たちはボヘミアの小都カーデンに落ちついた。私は、エレノールの運命を引き受けた以上、彼女を苦しませてはならぬと心に繰り返した。私は自分を抑えるのに成功した。どんな小さな不満のしるしでも胸の裡に秘め、手だてをつくして陽気をよそおい、自分の深い悲しみを包み隠そうと努めた。ところが、この努力は私自身の上に思いがけぬ効果をもたらした。われわれは実に変わり易いもので、装っている感情をついには本当に感じるようになるものである。私は悲哀を隠していたら、幾分かそれを忘れるに至った。私は冗談ばかりいっていたところ私自身の憂愁が晴れた、そしてよくエレノールに語った愛情の保証はほとんど愛に似た甘《あま》い感動を私の胸に伝えた。

時たまおもしろからぬ思い出が私を襲った。ひとりでいると、私は不安の発作にひたった。所を得ない世界からふいと飛び出すために奇怪な計画を無数に立てもした。しかしそれらの印象は悪夢として斥けることにした。エレノールは幸福そうであった、彼女の幸福を乱すことができようか？　五カ月あまりがこんなふうで過ぎた。

或る日、エレノールがそわそわし、何か気にかかることを隠そうとしているのが見えた。永いあいだせがまれたあげく、その決心に反対しない約束の上で、彼女が白状したところによると、P＊＊＊氏から手紙が来たとのことである。彼は訴訟に勝っていた。彼はむかし彼女がいろいろと尽してくれたことと、十年にわたる自分たちの関係とを感謝をもって思い起こしていた。彼はその財産の半分を彼女に提供しようと申し出ていた、それも彼女と一しょになるためではなく、――そんなことはもはやできないのだから、――ただ、彼女が、彼らの仲を裂いた恩知らずの、不実な男と別れるという条件でである。「わたし返事を出しました、」と彼女はいった、「おことわりしたってことはわかって下さるでしょう。」そうだろうとは知りすぎるほど知っていた。私はエレノールが私のために払った新たな犠牲に打たれはしたが、また絶望の思いを禁じえなかった。とはいえ思い切って彼女に反対することは何もできなかった。そうした方面の私の試みはいつもそれほど無益だったのである！　私は採るべき決心を考えようとしてその場を遠ざかった。私たちの関係が絶たれるべきは明らかであった。二人の間は私にとっては苦痛であり、彼女にとっては有害なものになっている。彼女が適当な地位を回復して、世間の尊敬を取り戻すのを妨げるものは私ばかりである。世間は、富に対しては、おそかれ早かれ敬意を表するものであるから。私は彼女とその子供たちとのあいだの唯一の邪魔物である。今となっては自ら弁解の余地はない。この期《ご》に及んで彼女に譲歩することは、もはや親切ではなくて罪深い弱さである。私はエレノールが自分を必要としないようになりさえすれば、すぐ自由の身に返って見せると父に約束していた。何か職につき、活動的な生活をはじめ、人に敬《うやま》われる肩書でももらい、おのれの能力を高尚に使う時がついに来たのだ。私は無理にも彼女を説きつけてP＊＊＊伯爵の申し出を斥けないようにさせようというおのれの心組を動かぬものと信じながら、そして必要とあらば、自分にはもはや愛はないと宣言するために、エレノールのもとへ引き返した。「ねえ、」と私はいった、「人はしばらくはその運命にさからって闘うけれど、結局は必ず負けてしまうものです。社会の掟は人の意志よりも強い。どんな激しい感情でもあらがいがたい事情にぶっつかっては砕けてしまいます。心だけに相談しようと思ってもそれは駄目です、おそかれ早かれ理性に聴かなくてはならない。あなたにとっても私にとってもふさわしくないこの状態に、私はこれ以上あなたを引き留めることはできません。それはあなたのためにも、私自身のためにも、できないのです。」私はエレノールを見ないで話してゆくにつれ、自分の考えが次第にぼやけ、決心が鈍るのを感じた。私は力を取りもどそうと思い、急《せ》きこんだ声でつづけた。「私はいつでもあなたの友だちです。私は今までどおり、あなたに対して最も深い愛情をいだくでしょう。私たちの交わりの二年の月日は私の記憶から消え去ることはなく、永遠に私の生涯での最も美しい時期であるでしょう。けれど、愛、あの官能の逆上、あの無我夢中の陶酔、あの一切の利害と義務との忘却、エレノール、私にはもうああした愛はないのです。」私は彼女の方へ眼を上げずに永いこと返事を待った。とうとう見上げてみると、彼女は身じろぎもしないでいた、その眼はそこいらじゅうの物を眺めていながら、一つも認め得ないかのごとくであった。

彼女の手を取ると、冷たかった。彼女は私を突きのけて、「どうしようっておっしゃるのです？　わたしはひとりぼっち、誰もわかってくれる人のない、世界でひとりぼっちではありませんか？　この上あなたは何をおっしゃることがあるのです？　みんなおっしゃってしまったのではないのですか？　みんなこれっきりではないのですか？　永久にこれっきりではないのですか？　放して下さい、いらして下さい、それがあなたのお望みなのでしょう？」彼女は退こうとして、よろめいた。私はささえようとした。彼女は気を失って私の足もとに倒れた。私は助け起こし、接吻し、正気に返らせた。「エレノール、」と私は叫んだ。「しっかりして下さい、私に帰って下さい、私はあなたを愛しています、本当にやさしく愛しています。私は嘘をついたのです、あなたがもっと自由に好きな道を選ぶようにと思って。」心の甘さよ、御身は不可解なものである！　あんなに多くの前の言葉と矛盾したこの簡単な言葉が、エレノールを生と信頼とへつれ戻した。彼女はこの言葉を幾度か私に繰り返させては、むさぼるように聞いた。彼女は私を信じ、おのれの愛に酔い痴《し》れて、それを二人の愛と思いこみ、P＊＊＊伯爵への返事をはっきり決めてしまった。かくて私は今までになく抜き差しならぬ羽目に陥ってしまった。

三月《みつき》経って、或る新しい変化がエレノールの境涯に兆《きざ》しそうになった。いろんな結社のため、動揺つねなき共和国にありがちの有為転変によって、彼女の父親はポーランドに帰ることとなり、かつて失った財産をも回復したのである。彼は、三つのとき母につれられてフランスに行った自分の娘を、ほんのわずかしか知らなかったけれど、いまそのそばに呼び寄せたいと思った。彼が亡命のあいだずっと住んでいたロシヤでは、エレノールの浮いた噂は彼の耳に漠然と達していたにすぎなかった。エレノールは彼のひとり子であったし、彼は孤独を恐れ、身のまわりの世話をしてもらいたがっていたので、ひたすら娘の居所を捜すにつとめ、その居所を知るが早いか、父のもとへ来るようにと強くすすめた。彼女にしてみれば、見覚えもない父親に対して、まことの愛着があるはずはなかった。とはいえ命に従うのが義務であると彼女は思った。こうすれば子供たちに大きな財産を保証することになろうし、彼女自身もその数々の不幸や行いのために失った地位に再び上ることになろう。しかし彼女は私がついて行くのでなければポーランドへ行くつもりはないときっぱり私に宣言した。「わたしはもう魂が新しい印象に向かって開く年齢《とし》ではありませんもの、」と彼女はいった、「父はわたしにとっては知らない人です。わたしがここにいたって、父には熱心に世話をしてくれる人がほかにいくらもあるでしょう。父はそれで結構しあわせです。子供たちはP＊＊の財産をもらうことになるでしょう。わたし、みんなから悪くいわれるのはよくわかっていますわ。きっと、恩知らずの娘だとか、情《なさけ》知らずの母だとかいわれます。でもわたしはあんまり苦しんで来ました。もう世間の噂にびくびくするほど若くはないのです。わたしの決心に何か依《え》怙地《こじ》なところがあったら、それは、アドルフ、あなたのせいです。あなたに愛されていると思いこんでいたら、少しの間ぐらい離れていても、いずれいっしょに暮らせる時を楽しみに、我慢できましょう。だけどあなたの何よりのお望みは、わたしがあなたから二百里も離れたところで、家庭と富とのふところに抱かれながら、満ち足りて穏やかに暮らしているものと御想像なさることなのです。あなたはきっと分別臭いお手紙を下さるのでしょう、眼に見えるようです。お手紙はわたしの心をかきむしるでしょう、そんな目には会いたくありません。一生を犠牲にしても、当然わたしが受ける資格のある本当の愛情をあなたからかちえたのなら、慰めにもなるというものです。けれど、わたしにはそんな慰めもないのです。でも結局あなたはこの犠牲を受けて下さいました、わたしはあなたの情《つれ》ない仕打や、二人の間の冷たさにもう充分苦しんでいます、私はあなたのお加えになるそうした苦しみは堪え忍んでいます、このうえ好きで苦しみたくはありません。」

エレノールの声と調子には、何かしらとげとげしく激烈なところがあって、深い感動とかいじらしい感動というより、むしろ固い決心が見えた。少し前からのことであるが、彼女は私に何かを求める時には、私がすでに拒みでもしたかのように、前もって拗《す》ねた。彼女は私の行動を左右してはいた。しかし私が心では自分の行動を否認しているということを知っていたのである。彼女はその憤慨の種である私の心中の隠然たる反対を打ち砕くために、なろうことなら私の心の奥底に分け入りたかったであろう。私は私の立場、父の願い、さては私自身の望みを語り、哀願し、激昂した。エレノールは頑としてきかなかった。私は彼女の親切を呼び醒まそうと思った。恋はすべての感情の中で最も利己的なものであり、したがって傷つけられた暁には最も不親切な感情である、ということを知らないもののように。私は、奇怪な努力であるが、自分が彼女のそばに留まっているためになめている不幸に対して彼女をほろりとさせようと努めた。それは彼女を憤らせるのみであった。私はポーランドへ会いに行くことを約束した、しかし彼女は本当に心から出たのでない私の約束に、一刻も早く自分を離れようとする焦慮を見たにすぎなかった。

カーデンでの第一年は終りに近づいていたが、私たちの境涯には何の変化も起こらなかった。エレノールは私が鬱々としていたり打ち萎れていたりするのを見ると、まず歎き、次に気を悪くし、そして非難を浴びせるので、私は隠したいと思っていた倦怠をつい白状したりしてしまった。その私は私で、エレノールが満足そうに見える時には、私の幸福を犠牲にしてえた境涯を彼女が楽しんでいるのが癪なので、自分の本心を知らせるようなことをほのめかしては、この束の間の彼女の幸福をかき乱した。こうして私たちは交わるがわる婉曲な文句を投げて攻撃し合い、それから退いてあれやこれやについての抗議や取りとめのない弁明をし、またもとの沈黙に返るのであった。というのは、互いに相手のいい出そうとすることをすべて知り抜いていたので、それを耳にしまいと口をつぐんだのである。私たちの一人が譲歩しそうな時もないではなかった。しかし歩み寄る好機を逸すのが常であった。私たちの疑いぶかい傷ついた心はもはや相会うことはなかった。

私は自分がなぜこんな痛ましい状態に留まっているのかとよく自問してみた。もしエレノールから離れでもすれば、彼女は自分の跡を追うことだろうし、さらに新たな犠牲を払わせてしまうことになるだろうというのがその答であった。ついに私はこう考えた、これを最後と彼女を満足させてやらなければならない、そしたら彼女は再びその家庭のふところにおかれても、もはや何もせがむことはできまい。こうして私はポーランドへついて行くことを申し出ようとしていた、そのとき彼女は父親の急死の知らせを受け取った。父親は彼女をその唯一の相続人に指定していた、しかし遺言はそれ以前の手紙と抵触しており、遠い親類たちがそれらの手紙に物をいわせるといっておどしていた。エレノールは、父親とはほとんど交渉がなかったにもかかわらず、いたくこの死を悲しんだ。彼女は父親を見棄てたことを自ら責めた。やがてその罪を私のせいにした。「あなたはわたしに神聖な義務を怠らせたのです。今では財産の問題があるだけです。これならなおさら容易にあなたのために犠牲にできます。でも本当に、敵《かたき》ばかりにしか出会えない国に、ひとりで行けはしません。」私は答えた。「私はあなたにどんな義務をも怠らせようなんて思ったことはありません。白状すれば、私だって自分の義務を怠るのは辛いってことを考えていただきたかったのです。けれどあなたはこの道理を認めては下さらなかった。降参します、エレノール、何はさておきあなたの利害が第一です。お好きな時にいっしょに発《た》ちましょう。」

事実、私たちは出発した。旅の慰み、眼に見る物の珍しさ、お互いに努めてなした遠慮、それが時たま私たちのあいだに昔のむつまじさの名残りをいくらか蘇らせた。いつもいっしょにいるという永いあいだの習慣、ともにたどって来たいろんな境遇、それが言葉の一つ一つ、身ぶりの一つ一つにも思い出をまつわらせていて、私たちをふいに過去に返らせ、私たちの心をわれにもなく和《なご》ませた、たとえば闇を晴らすには至らないながらそれを貫く稲妻のように。いわば私たちは心の記憶とでもいうべきもので生きていた、その記憶は離別を思えば辛いほどには強かったけれど、いっしょにいることに幸福を感じるにはあまりに弱かった。私は普段の窮屈の息抜きをするためにこれらの感動に身をまかせていた。なろうことならエレノールの満足のゆく愛情のしるしを見せてやりたかった。時々は彼女に昔のような愛の言葉を語りもした。しかしそんな感動やそんな言葉は、たとえば根を断たれた木の枝に、枯れた植物の名残りとして力なく生える、あの蒼白い色あせた葉に似ていた。

第七章

エレノールは到着するとすぐ、その訴訟の判決があるまでは自由にしないとの約束で、争っていた財産の享受権を回復することができた。彼女はその父の所有地の一つに落ちついた。手紙の上では私に対してどんな問題にも直接ふれたことの決してない私の父は、私の旅行に対するあてこすりでその手紙を埋めるにとどめた。「お前は出発しないといって寄越していた。出発しない理由を長々と述べ立てていた。従って私はお前が出発するだろうと確信していた。お前が独立不羈の精神を持っていながら、いつも自ら欲しないことをしているのは憐れむのほかない。それに私はよく知らないお前の境涯をかれこれいうのではない。これまでお前はエレノールの保護者であると見えていた。かかる点よりすれば、たといお前の執心の相手が何であろうと、なおお前のやり方にはお前の人格を高める高尚な何物かがあった。だが今日ではお前たちの関係はもはや昔日の関係ではない。もはやお前は女を保護しているのではなく、女がお前を保護している。お前は女の家に住んでいるが、女のためにその家庭に引き入れられた一個の他人である。私はお前の選んだ立場をあげつらうものではない。しかし、そこにはいろんな不便があることだろうから、微力の及ぶ限り、その不便を少くしてやりたいと思う。其地駐在のわが公使T＊＊＊男爵にお前のことを頼む手紙を書いておいた。お前がこの紹介を役立てる気になるかどうかは知らない。せめて私の誠意のしるしだけを見てほしい。お前が常に見事に私に対して守り通して来た独立を私が傷つけようとしているなどとは決して思わないように。」

私はこの手紙の調子が心に起こさせた数々の反省を抑えつけた。私がエレノールとともに住んでいた土地はワルシャワのすぐ近くであった。私はこの都のT＊＊＊男爵邸へ赴いた。彼は愛想よく迎えてくれて、ポーランド滞在の理由を訊ね、私の計画について質問した。私は何と答えていいかわからなかった。気まずい会話の数分後に彼はいった、

「一つ腹蔵なく申しましょう。私は君がこの国へいらした動機を知っています、父君が知らして寄越されたのです。私はそれを理解できると申してもよろしい。不似合な関係は断ちたいが、愛した女を悲しませるのがこわいというので、一生に一度ぐらい困った羽目に陥ったことのない男はありますまい。若い人は経験がないので、こんな場合の困

難を無闇と誇張して考えます。興奮した女どもが力や理窟の代わりに用いるあの苦悩の示威運動《デモンストレーション》を、みんな本当にしがちなのです。心臓はそれに苦しむのだが、自尊心という奴がいい気になります、つまり自分がひきおこした女の歎きに身を犠牲にするのだと思いこんでいる男も、実はわれとわがうぬぼれの錯覚の犠牲になっているにすぎないのです。世間に一杯いる情熱的な女で、捨てられたら死んでしまうと公言しなかったのは一人もありません。ところがそんなので今に生き永らえていない女、悲しみを忘れずにいる女は、一人もないのです。」私は話をさえぎろうとした。「若い友よ、私の言葉が無遠慮にすぎていたら御免なさい、」と彼はつづけた、「だが君の立派な評判、有望な才能、いずれはお就《つ》きになる職業、すべてそうしたことを考えると、包まずにありのままを申さずにはいられないのです。君は何とおっしゃろうと私には君以上に君の心がわかっています。君は君を制《おさ》えて引きずっている女をもう愛してはいらっしゃらない。もしまだ愛していらっしゃるのなら、私の家へはおいでにならなかったはずです。君は父君が私に手紙を下すったことを御承知だったのですし、私が何を申し上げるかはあらかじめ容易にお察しがついたでしょう。それに君は絶えず御自身に繰り返してきかせながらしかも常にその甲斐のなかった理窟を私の口からお聞きになってもお怒りにならなかった。

エレノールの評判は無疵などころではありません……」「もうおよしになって下さい、こんなことをお話しし合っても何にもなりません。」と私は答えた、「さまざまの不幸な事情がエレノールの前半生を弄んだかは知りません。あてにならない見かけに基づいてあの女を悪くとることもできましょう、でも私はあの女を三年このかた識っているのです、あれほどにすぐれた魂、あれほどに気高い性格、あれほどに清くやさしい心は、この世にありません。」「それはそうでしょう、」と彼は言葉を返した、「しかし世間はそんな微妙な点まで究めはしませんからね。事実は確かであり、知れわたっているのです。事実を私に思い出させなければ、それがこわされるものとお考えなのですか？　聞き給え、」と彼は言葉をつづけて、「この世では自分のしたいと思うことをはっきりと見究める必要がある。まさか君はエレノールと結婚なさるのではないでしょう？」「もちろん、いたしません、」と私は叫んだ、「あの女自身もそれを望んだことはないのです。」「ではどうなさろうというのです？　あの女は君より十《とお》も年上です。君は二十六です。まだ十年はあの女の面倒をみておやりになるでしょう。すると女はお婆さんになります。君は何ひとつ始めず、何ひとつ満足にしとげずに、一生の半ばに達することになります。君は倦怠に憑《つ》かれ、女は不機嫌になるでしょう。女は君にとって日に日に不愉快なものとなり、君は女にとって日に日に必要なものとなるでしょう、そして名門の生まれ、立派な財産、すぐれた精神を持ちながら、結局友だちには忘れられ、名誉の望みは絶たれ、何をしてやっても満足しない女ひとりに悩まされて、ポーランドの片隅でむなしく日を送ることになるでしょう。私はただ一言つけ加えることにして、御迷惑な話題に戻るのはこれっきりやめましょう。すべての道は君に開かれているのです、文学でも、軍職でも、官界でも。君はどんな名家との縁組でもお望みになれるのです。ゆくとして可ならざるなしです。だがよく覚えておきなさい、あらゆる種類の成功と君とのあいだには一つの越えがたい障碍があるのです、そしてその障碍とはエレノールです。」「黙ってお言葉を承わることは、」と私は答えた、「あなたに対する義務だと存じました、しかしまた私自身に対する義務としてはっきり申し上げなければなりませんが、お言葉は私の心をゆるがしはしませんでした。繰り返して申します、私のほか誰もエレノールを裁くことはできません。あの女の感情の真実さ、あの女の感動の深さを、充分に評価する人は誰もありません。あの女が私を必要とする限り、私はあの女のそばに留まるつもりです。よしんばどんな成功をかちえても、もしあの女を不幸にしておくならば、私は慰められないでしょう、そうです、あの女を誤解する世評の不正に対して、あの女のささえとなってやり、苦しみにあっては力づけ、愛情でもって包んでやること、たといただそれだけに生涯を費やさなければならないとしても、私はなお一生を棒にふったとは思わないでしょう。」

私はこういい終って外に出た、しかしこうした言葉を私に吐かせたその感情が、言葉をいいも終らぬうちに消えようとは、何という心のたのみがたさであり、誰を俟《ま》ったらこれを説明しえよう！　私は歩いて帰ることによって、今しがた弁護してやったばかりのエレノールとの再会を遅らそうと思った。私はあわただしく町を横切った。早くひとりになりたかったのである。

野原のまん中に来て、歩みをゆるめた、すると数限りない思いが襲いかかって来た。あらゆる種類の成功と君とのあいだには一つの越えがたい障碍があるのです、そしてその障碍とはエレノールですというあの不吉な言葉が、身のまわりにひびきわたるのであった。私はまたと返ることなく流れ去ったばかりの時の上に永い悲しい眼ざしを投げてみた。若き日の数々の希望、そのころ未来が意のままになると思っていた自信、最初の試作に対して与えられた讃辞、かがやくと見えて消え去った名声の黎明が思い出された。私はむかし傲慢にも見くだしていた数人の学友の名を心に繰り返してみた。彼らはただ不屈な努力と規則的な生活のおかげで、財産の道においても、声望の道においても、はた名誉の道においても、遥かうしろに私を取り残していた。私はわが身の無為がたまらなかった。あたかも守銭奴がおのれの貯えた財宝を眺めながら、それで購いうるだけの財貨を想像するように、私は望めば得られたであろう成功を何一つかちえなかった原因をエレノールのうちに見た。私が悔やんだのは何か一つの職業に就《つ》かなかったことだけではなかった。何の職業にも就いてみたことがないので、どの職業も惜しかった。かつて自分の力を使ったためしがないので、その力を果てしないものに思い、かつ呪った。いっそ弱い凡庸な人間に生まれついていたらよかったろうにとさえ思った、そしたら自ら好んで堕落するという良心の呵責だけはせめてもおぼえずにすんだだろうに。私の才気や知識に対する称讃や称揚は、すべて私にとって堪えがたい非難であるかに見えた。それはあたかも土牢の奥に鎖でつながれた力士の、筋骨たくましい腕が人々にほめそやされるのを聞くような思いであった。またもし勇気を奮い起そうとし、活動の時期はまだ過ぎてはいないと自分にいいきかせようとすれば、エレノールのおもかげが眼の前に亡霊のように立ち現われて、再び私を虚無の中へつき落すのであった。私は彼女に対して憤激の発作を感じていた、しかも錯雑した感情の奇怪さには、この憤激も、彼女を悲しませることを思って覚える恐怖の念を少しも減殺してはくれなかった。

私の魂は、これらの苦《にが》い思いに疲れ果てて、ふいに反対の感情の中に逃げ場を求めた。楽しい穏やかな縁組の可能について、T＊＊＊男爵がおそらくはあてもなく発した言葉が、私をして理想的な妻のすがたを思い描かせるのに役立った。私はそんな運命がもたらすであろう平安、世の尊敬、さらにはわずらいなき生活をさえ思ってみた、というのは私がかくも永いあいだ引きずっていたきずなは、正式の結婚生活がそうであったろうと思われる以上に千倍もわずらわしかったから。私は父のよろこびを想像した。故国において、また同じ階級の人々の社会において、当然占めるべき位置を再び占めたくてたまらなかった。冷たい軽佻な悪意から自分に投げられた一切の悪評、エレノールが自分に浴びせかける一切の非難に対抗して、厳格な非の打ちどころのない品行を持す自分を頭に描いてみた。

「彼女は絶えずこの自分を責める、」と私は自分にいった、「情《つれ》ないとか、恩知らずだとか、薄情だとかいって。ああ！　社会の仕来りも自分の妻として認めてくれ、父も娘として恥じないような女を、天が自分にめぐんでいてくれたら、自分はその女を幸福にしてやることに千倍も幸福を感じただろうに。自分の裡の感受性は苦しみ傷つけられているので、自分には感受性はないかのように思われているし、権柄ずくでそのしるしを見せよといわれても、怒られたり脅迫されたりしたのではそんな気にもなれない。だが、規則正しい、人に敬われる生活の伴侶である愛する者となら、この感受性に身をゆだねるのもどんなにか楽しいことだろう！　自分はエレノールのためなら何をしなかったことがあろう！　国を離れ家を去ったのも彼女のためである。年老いた父の心を悲しませ、その父を自分から遠く離れたところで今なお歎かせているのも彼女のためである。こんな土地に住んで、あたら青春を栄誉もなく楽しみもなしに、さびしく過ごしているのも彼女のためである。義務もなく愛もないのにこれだけの犠牲を払ったことは、もしも愛あり義務ある暁にはどんなことができるかも知れぬという証拠ではあるまいか？　ただその苦しみでこの自分を支配しているにすぎぬ女の、その苦しみをすらこれほど恐れている自分であってみれば、公然と心おきなく思うさま身をささげうる女のためなら、どんなに心を用いてその一切の悩み、一切の苦痛を取り除けてやることだろう！　その時には自分は今の自分とはどんなに異なって見えることだろう！　原因がわからないばかりに、人に罪悪視されている自分のこの苦々《にがにが》しい憂鬱は、どんなに速やかに消え去ってしまうことだろう！　自分はどんなに天に感謝し、どんなに人に対してやさしくなることだろう！」

私はこう語り、両眼は涙にぬれていた。千の思い出が奔流のように胸にそそいで来た。エレノールとの関係で、これら一切の思い出は私には嫌《いや》なものになっていた。幼い日を思い出させるものといえば、いとけなき時代を過ごした場所も、おさな遊びの仲間も、初めての関心のしるしを惜しみなく見せてくれた老いた両親も、すべて私を傷つけ私を心に苦しませるものであった。私は最も魅惑的なおもかげや最も自然な願いをも、考えてはならないものとして斥けるに至っていた。これに反して、今しがたふいと想像に描いたあの伴侶の女は、これらすべてのおもかげに結びつき、これらすべての願いを嘉《よみ》した。彼女は私のすべての義務、すべての楽しみ、すべての趣味に結びついた。彼女は今の私の生活を、希望が洋々たる未来を私の前に開いていたあの若き日に再び結びつけた、しかも私はその若き日とはエレノールのせいで深淵によってのごとく隔てられてしまっていた。ほんの些細なこと、ほんの小さな物も、私の記憶に蘇った。父とともに住んだ古い城館《やかた》、それをめぐる森、城壁の下を洗う川、さては地平を限る山々が眼に浮かんだ。すべてこれらの物は実に生き生きとして、眼に見えるようなので、私はおののきにとらえられて堪えがたいほどであった。そして私の想像は、希望に輝いてこれらの物を美化し活気づける無邪気な若いおとめをこれらの物のそばにおいた。私はこうした物思いに沈み、依然として決まった計画があるではなく、エレノールと手を切らなくてはと考えるでもなく、ただ陰にこもって漠然と現実を意識しながらさまよっていた。それはたとえば悩みに疲れきった人の、まどろんで夢に慰められはするものの、その夢はやがて醒めることを予感しているといったような状態であった。突然、エレノールの城館が見えた、いつの間にか近づいていたのである。私は立ちどまった。他の道をとった。彼女の声を再び耳にする瞬間を遅らすのがうれしかった。

　日は衰えて、空は澄み、野原には人かげもなくなっていた。人間の仕事は止んで、自然は自らの姿に打ち棄てられていた。私の思いは次第次第に一そう重々しく、一そう圧《の》しかかるような色あいを帯びて来た。刻々に濃くなりまさる宵闇、時たま遠い物音で破られるばかりの、わが身をかこむ曠漠たる沈黙《しじま》、それが私の心の動揺の後に一段と静かな一段と荘重な感情をもたらした。灰色がかった地平の上に視線をめぐらすとその涯《はて》はもはや見えず、かえってそのために、どこか曠漠たる感じが与えられた。私はもう永い間こんな感じを覚えたことはなかった。いつも個人的な反省にふけりとおし、いつもおのれの境涯のみを見つめていた私は、およそ一般的な観念に対しては門外漢になって、ただエレノールのことと自分のことだけに気をとられていた。倦怠のまじった憐れみを催させられるにすぎぬエレノールのことと、もはや自ら何の尊敬をも持てぬ自分のことだけに。いわば私は一種の新しい利己主義、勇気のない、不平たらたらの、辱められた利己主義の中に小さくなっていたのであった。で、今、世界を異にした考えに蘇り、自己を忘れる能力を取り戻して、利害を離れた瞑想にふけられるのがうれしかった。私の魂は永いあいだの恥ずべき堕落の淵から起ち上ったように思われたのである。

ほとんど終夜がこうして過ぎた。私はあてもなく歩いた。畑をめぐり、森をめぐり、動くものとてはない村々をめぐった。時々どこか遠い人家で闇を貫く蒼白い灯が見えた。「あそこでは、」と私は自分にいった、「あそこでは多分、誰か不運な人間が苦痛にのた打っているか、死と闘っている。死――日々の経験に教えられながらも、まだ人々が本当にしているとも見えぬ不可解な神秘。われわれを慰めもせねば鎮めてもくれぬ確実な終極。平ぜいの無頓着の、そして一時の恐怖の、対象。だが、そういう自分も、」と私はつづけた、「やはりこの愚かしい無分別をやっているのだ！　自分は人生が終りなきものででもあるかのように、人生にさからっている！　自分は惨めな何年かを取り戻そうとして、身のまわりに不幸を撒きちらしているが、たとい取り戻したとてやがては時が奪い去るであろう！　ああ！　こんな無駄な骨折りはやめよう、この、時が流れ去り、自分の日々が次から次へとあわただしく過ぎゆくのを見て楽しもう。半ば過ぎ去った生涯の無頓着な傍観者として、じっとしていよう。奪う者があれば奪うがいい、裂く者があれば裂くがいい！　いずれにせよ寿命を延ばすことはできない、とやかく争うほどのことがあろうか？」

死の観念はいつも私に対して大きな力を持っていた。どんな激しい懊悩の中にあっても、常に死を思いさえすればたちまち気が鎮まった。死の観念はいま私の魂の上にいつものの作用を加えた。エレノールに対する私の気持はそれほど苦《にが》くはなくなった。すべてのいら立ちは消えた。この逆上の夜の印象で残っているものは、あまいほとんど静かな感じばかりであった。おそらくは、私の感じていた肉体の疲労がこの静かさにあずかって力があったのであろう。

夜が明けかかっていた。すでに物のかたちが見分けられた。エレノールの住いからかなり遠ざかっていることに気づいた。私は彼女の心配を想い描き、一刻も早くそのそばに行き着こうと、疲労の許す限り道を急いでいた、そのとき馬に跨った一人の男に出会った、これは彼女が私を探しに出した男であった。男の語るところによれば、彼女は半日このかた非常に心配しており、自らワルシャワに赴き、近郊をかけめぐった後、言語に絶するような苦悩に包まれて家に戻った、そして村人たちが私を見つけに野の方々に出ているという。この話を聞くとまず私はかなり辛い我慢のならない気持で一杯になった。エレノールのうるさい監視を受けている自分を見るのがじれったかった。これもみな彼女の愛がさせることである、と繰り返し自分にいって聞かせたがその甲斐はなかった。この愛はまた私のすべての不幸の原因ではなかったか？　とはいえ私は自ら心に咎めるこうした感情を克服することに成功した。彼女がおろおろし苦しんでいると知っていたからである。私は馬に乗った。私たちを隔てている距離を速やかに乗り越えた。彼女は有頂天に喜んで迎えてくれた。私は彼女の感動に打たれた。私たちの会話は短かった、というのは間もなく彼女が私には休息が必要なはずだということを考えたから。かくてともかくもこのたびは、彼女の心を傷つけるようなことは一言もいわずに別れた。

第八章

あくる日起きてみると、前の日に私の心をゆさぶったのと同じ考えがまだ頭を去らなかった。つづく幾日、私の動揺はたかまった。エレノールはその原因を探ろうとしたが無駄であった。私は彼女の権柄ずくな質問に対してはぎごちない簡単な一語で答えた。率直に打ち明ければ彼女が苦しむであろうし、彼女が苦しめばさらに新たな隠し立てをしなくてはなるまいということがわかりすぎるほどわかっていたので、私は彼女の強請《ごうせい》に対して頑として譲らなかった。

彼女は、驚き、心配して、その女友だちの一人に助けを求め、私が隠している——といって彼女が責める——秘密を嗅ぎ出そうとした。彼女は自己を欺くに急なあまり、感情だけしかないところに一つの事実を探していたのである。この友だちは私の奇怪な不機嫌について、二人の関係を永くつづけるというようなことは全く考えまいとする私の配慮について、また絶縁と孤独とに対する私の不可解な渇望について語った。私は永いこと黙って聴いた。私はこの時まで、エレノールをもはや愛していないなどとは誰にもいったことはなかった。女に対する不実だという気のするそうした告白を口にするのは嫌《いや》だったのである。とはいえ今は身のあかしを立てようと思い、手ごころを加えて事の顚末を物語った。すなわち私はエレノールに多くの称讃を与え、自分の行為の無定見さを認め、それを私たちの境涯の困難のせいにした、しかし真の困難は自分の側における愛の欠乏であるということを明らかに示すような言葉はかりそめにも口にしなかった。聴いていた女の人は私の話に動かされた。彼女は私が呼んで弱さとなすところのものに雅量を見、私が称して冷酷となすところのものに不幸を見た。情に燃えたエレノールを憤らせたその同じ弁解が、公平な彼女の友だちの頭にはこのような確信を与えたのである。利害関係がない時には人はそれほど公正なのである！　御身が誰であろうと、ゆめ御身の心の利害を他人に託してはいけない。ひとり心のみが心の弁護をすることができ、ひとり心のみが心の傷手《いたで》を思いやる。あらゆる仲介者は裁く人となる。彼は分析し、妥協する。ついには冷淡ということに思い及び、それも考えられないことではないとして容れ、それも仕方のないこととして認めるに至る。こういうわけで彼は冷淡を許容しさえもし、かくて冷淡は彼自身の眼に正当化されて見えることになるのであるが、これには当の彼も驚くほどである。私はエレノールの非難によって自分を罪ある者と思いこんでいた。ところが彼女を弁護しているつもりの女の人から、自分はただ不幸であるにすぎぬということを教えられたのである。私は引きずられて自分の感情をすっかり白状してしまった。私は自分がエレノールに対して献身と同情と憐れみを抱いていることは認めた、しかし自分が義務としてやっているいろいろのことには愛などというものは少しもはいっていないとつけ加えた。この事実はその時まで私の胸に秘められていて、時たま心の乱れや怒りの最中《さなか》にエレノールに洩らされるにすぎなかったものであるが、今や他人に打ち明けられその人の手に託されたというだけで、一段の現実性と力とを帯びて私自身の眼に映った。人に知られぬ内輪の仲の隠れた襞《ひだ》を突如として第三者の眼にあばいてみせることは、重大な一歩である、取り返しのつかぬ一歩である。この内輪の仲という聖殿に射しこむ日の光は、夜がその闇で包んでいた破壊の痕をたしかめ破壊を完成する。ちょうどそのように墓に収められた屍《しかばね》も、外気にふれて粉々になるまではよくその原形を保っているものである。

エレノールの女友だちは去った。この人が彼女に対して私たちの会話をどう報告したかは知らない。しかし、客間に近づいてゆくと、エレノールが非常に気色《けしき》ばんだ声で話しているのが聞えた。彼女は私の姿を認めて、口をつぐんだ。やがて彼女はいろんな形を借りて世間一般に通る理窟を述べたが、それは実は私個人への非難にほかならなかった。「或る種の友情の熱心さほど」と彼女はいうのであった、「おかしなものはありません。一そううまく背負い投げを食わせるために、親切ごかしに人の世話を引き受ける人があります。そんな人たちはそれを愛着とかいうのでしょうけれど、そんな愛着よりはいっそ憎悪の方がましですわ。」私にはエレノールの友だちが彼女に対して私の味方をし、私をあまり悪く思うような様子も見えないので、それがエレノールをいら立たせたのだということは容易にわかった。こうして私は自分がエレノールに対し他人としめし合わせたことになると感じた、それはとりもなおさず私たちの心のあいだにまた一つ牆《かき》が加わったことであった。

それから数日たつと、エレノールはもっとひどいところまでいった。全く自制を失ったのである。不平の種があるとさえ見れば、まっすぐにその説明を求めて何の遠慮も打算もなく、隠し立てをして気まずい思いをするよりは絶縁の危険を冒す方がましだというふうであった。ふたりの女友だちはそれっきり喧嘩別れをしてしまった。

「私たちだけのいさかいに何だって他人を引っぱりこむのです?」と私はエレノール

にいった、「お互いが理解し合うには第三者が必要だとでもいうのですか？　だってもう私たちが理解し合えないのだとすれば、第三者がはいっても何になりましょう？」「ごもっともです、」と彼女は答えた、「でもそれはあなたの罪です。以前はわたし、あなたのお心のところまで行き着くのに、誰にも頼ったことはなかったのですけれど。」

突然エレノールはその生活を変える計画のあることを告げた。私は彼女の話によって、彼女が私の心に食い入っている不満を私たちの孤独な生活のせいにしているのを見てとった。それでも彼女はその計画の本当の理由をいう気になるまでには、ありとあらゆる偽りの理由を挙げつくした。私たちは差し向かいで単調な宵々を沈黙と不機嫌との裡に過ごした。長い語らいの泉は涸《か》れていた。

エレノールは近隣やワルシャワに住む貴族たちを家に招き寄せようと決心した。私にはその試みの前に横たわる障碍と危険とが容易に眼に見えた。彼女の遺産を彼女と争っていた親族たちが彼女の昔のあやまちをあばき、彼女に対して無数の中傷的な噂を撒いていた。私は彼女が冒そうとする屈辱を思って身ぶるいし、この企てを思いとどまらせようと努めた。が、私の数々の意見も甲斐はなかった。彼女は私の気づかいによってその誇りを傷つけられた、私はこの気づかいを述べるにあたってひたすら手加減を加えたのであったが。彼女はその生活が曖昧なものであるがゆえに、私が二人の関係をうるさがっているのだと想像した。そのためなおのこと急いで名誉ある位置を再び社交界にかちえようとした。彼女の努力はいくらか功を奏した。彼女のすべて、その享《う》けている財産、老けたりとはいえまだわずかしか衰えぬ美貌、さらにはその数々の浮気の噂までが人々の好奇心をそそった。彼女は間もなく自分が多くの人々に取りまかれたのを見た。しかし彼女は困惑と不安とのひそかな感情につきまとわれていた。私は私の境涯に不満であった。それを彼女は自分の地位に対する不満であると思いこんでいた。彼女はその地位を出ようとしてもがいた。彼女の烈しい望みは彼女に打算を許さなかった。板につかない彼女の位置は彼女の振舞いを気まぐれなものにし、彼女の挙止をあわただしいものにした。彼女の才気は正しくはあったが、博くはなかった。その才気の正しさは性格の激しやすさでゆがめられていたし、その才気の狭さのゆえに、彼女は最も巧みな道を見つけたり、微妙なニュアンスをとらえたりすることができなかった。こうして彼女は初めて一つの目的を立てたのであったが、その目的の達成を急いだために、目的を達しそこねた。どんなに多くの不愉快な思いを彼女は私に伝えもせずに忍んだことであろう！　いくたび私は彼女のために赤面しながらそれを彼女にいう力もなかったことであろう！　人々のあいだにおける慎しみと節度との力は恐ろしいもので、彼女はかつてP＊＊＊伯爵の思い者として伯爵の友人たちから受けていた尊敬の方が、召使に仕《かしず》かれた莫大な財産の相続人として隣人から受ける尊敬よりも大きかった。高飛車に出るかと思えば下手《したで》に出、或る時は愛想よく或る時は怒りっぽく、彼女の振舞いと言葉とには何かしら向う見ずなところがあって、これが、落ちつきに対してのみ集まる世間の尊敬をぶちこわしたのである。

私がこのようにエレノールの欠点を指摘するのは、われとわが身を責めかつ咎めようがためにほかならない。私が一言《ひとこと》いってやったら彼女は落ちついていたろうに。なぜ私はその一言を発しえなかったのであろう？

とはいえ私たちは今までよりも穏やかにいっしょに暮らしていた。気晴らしが、いつもの重苦しい思いをやわらげてくれた。二人きりになるのは時たまにすぎなかったし、心底の感情についてのほかは、お互いに無限の信頼をいだいていたから、私たちはこの心底の感情の代わりに感想や事実を持って来た、かくて私たちの会話はいくらか魅力を取りもどしていた。しかし間もなくこの新しい生活は私にとって新たな当惑の源《もと》となった。私はエレノールを取りまく人の群にまぎれこんでいるうちに、自分が驚きと非難の的になっているのに気がついた。彼女の訴訟の裁判の時期が近づいていた。相手方は、彼女が数限りないあやまちで父親の心を遠ざけたと主張していた。私がこの地にいることが、彼らの主張を裏書きするものとなっていた。彼女の友人たちは彼女に迷惑をかけるといって私を非難した。彼らは私に対する彼女の情熱は恕《ゆる》したが、私のやり方は思いやりを欠いているといって責めた。彼らにいわせると、私は女の感情を緩和してやるべきであったのに、かえってその感情につけこんでいるのであった。彼女を捨てれば私の跡を追わせることになるだろうということ、そして彼女は私に随うために財産のことなどすっかりおろそかにし、また一切の思慮分別を忘れるだろうということを知っていたのは私だけであった。私はこの秘密を世間に知らせるわけにはゆかなかった。それゆえ私は、エレノールの家にあって、彼女の運命を決めることになる事件の成功に対してさえ妨げとなる一個の他人にすぎぬと見えた。そして奇妙な真理の顚倒であるが、私こそ彼女の動かしがたい意志の犠牲であったのに、人は私の支配力の犠牲として彼女に同情したのである。

一つの新たな事情がこのいたましい境涯をさらに複雑にすることとなった。

ある奇妙な変化がエレノールの振舞いと物腰とに突然起こった。この時期までは彼女は私だけにしか気を取られていない様子であった。ところがふいに取りまきの男たちのお世辞を受けたり求めたりするのが見られた。あんなにつつましく、あんなに冷たく、あんなに怖《お》じやすかったこの女が、急に性格が変わったように思われた。彼女は一群の青年たち——その中には彼女の容色に魅せられた男たちや、また彼女の過去のあやまちにもかかわらず、まじめに結婚したがっている男たちもあったが——その一群の青年たちの感情や望みをさえ焚きつけ、彼らに永い差し向いの対談を許した。彼女は彼らに対して曖昧ながらに人の心をひきつける態度を採った。それは引き留めるためにのみやんわり肱鉄砲を食わせるという態度であった。というのもそうした態度は、冷淡というよりもためらいを、拒絶というよりもおあずけを、予告するものだからである。後になって彼女から聞き、また事実が証明したところであるが、彼女がこんなふうに振舞ったのは歎かわしい見当ちがいの打算からであった。彼女は私の嫉妬心をつついてみたら私の愛を蘇らせることもできようかと思ったのである。しかしそれは何物をもってしても二度と温めるに由なき灰をかき立てることであった。おそらくまたこの打算には、彼女は自分では気づかなかったかも知れないが、女心の虚栄もいくらかまじっていたのであろう。彼女は私の冷たさに傷つけられていたのであった。自分だってまだ男に気に入られるだけのことはあるということを、われとわが身に証明したかったのである。最後におそらく、私から構いつけられないで孤独な心をいだいていた彼女は、もはや永いこと私の口にしなかった愛の言葉をささやかれることに一種の慰めを見いだしたのであろう。

それはともかく、私は彼女がこんなふうになった動機を一時は思いちがえた。私はいよいよ自由になる日も近いと思って、よろこんだ。何か迂濶に動いて、わが身の解放の望みをかけているこの重大な危機を中断させてはならぬと、私は一段とやさしくなり、一段と満足をよそおった。ところがエレノールは私のやさしさを愛情と思いこみ、ついに彼女が私なしにも幸福になれればいいがとの私の望みを、彼女を幸福にしてやりたいという願いであると解《と》った。彼女はその策略が図にあたったと見て得意になった。とはいえ時々は私が何の不安をも示さないのを見て心配することもあった。見たところ彼女を私から奪い去ろうとしているような、彼女と男たちとの関係に、私が何の邪魔をも入れないことを彼女は責めた。私はそうした彼女の非難は冗談で斥けることにしていた。しかし必ずしも常に彼女をなだめおおすことはできなかった。彼女の性格が、そのかぶっていた隠し立ての仮面を通してあらわれた。今度は別の事で、しかし前に劣らぬ嵐をはらんだ激しいいさかいが始まった。エレノールは自分自身の罪を私のせいにした。一言いってくれたらすっかり私の胸に立ち返るものをという意味をほのめかした。それから、私の沈黙に腹を立てて、再び狂気のように、嬌態を演じるに走るのであった。

人が私の弱さを責めるのは、とりわけここにおいてであろうと思う。私は自由の身になりたがっていた、そして世間もこれを許してくれるはずであった。いや、おそらくは自由の身になるべきであった。エレノールの振舞いは私にその権利を与え、あまつさえそれを強《し》いるかに見えていた。しかし私は彼女のこの振舞いも実は自分のせいだということを知っていたではないか？　エレノールは心の底ではやはりこの自分を愛しつづけているということを知っていたではないか？　自分で不謹慎な真似をさせておきながら彼女を罰し、また冷酷にも偽善者として、それらの不謹慎な行いに口実を求め、無慈悲にも彼女を捨てるというようなことができたろうか？

もちろん、私は弁解しようとは思わない。おそらく他の人が私の立場にあってするよりも、一そう厳しく私は自分を咎めているつもりである。しかしここで少なくとも次のことだけはおのれのために厳粛に証言することができる、すなわち自分は決して打算から行動したことはないということ、いつも真実な自然な感情で導かれて来たということである。それにしても、そうした感情を持ちながら、かくも永いあいだ自己の不幸と他の人たちの不幸だけしかもたらさなかったのはどうしたわけであろう？

そのあいだにも人々は驚いて私を見ていた。私がエレノールの家に滞在しているのは彼女への極度の愛着によってしか説明がつかないことであった、しかも常に彼女が他の男たちと関係を結びかねないのに私が無関心でいるのは、そうした愛着と矛盾するものであった。人々は不可解な私の寛大さを主義の軽薄さや道徳に対する無頓着のせいにし、それは社交界の空気に腐敗させられた徹底的に利己的な人間の証拠であるというのであった。これらの臆測はそれをいだく連中に釣合っていただけ、印象を与えるのに適していたから、人々に受け容れられ語りつがれた。噂はついに私の耳にまで達した。私はこの思いもかけぬ発見に憤慨した。永いあいだの数々の犠牲の報いが、この誤解であり中傷であったのか。私はひとりの女のために一切の利害を忘れ、生活のあらゆる楽しみを斥けていたのであった、しかるにそういう私の方が世間の咎めを受けたのである。

私は烈しくエレノールに談じこんだ。もともと彼女を失いはしまいかとの恐れを私にいだかせるために呼び集められていたにすぎない崇拝者の群は彼女の一言で姿を消してしまった。彼女はその交際の範囲を幾人かの婦人と少数の老人とに限った。すべてが私たちの周囲ではまた元のような規則立った外観を呈するに至った。しかし私たちはそのために一そう不幸になるばかりであった。エレノールは自分に新たな権利があると思いこんでいた。私は新たな束縛を背負いこんだと感じていた。

このようにこみ入った私たちの関係からどんな苦々《にがにが》しい気持、どんな憤怒が生じたかは筆紙に尽すべくもない。私たちの生活はもはや不断の嵐にほかならなかった。親密はそのすべての魅力を失い、愛はそのすべての楽しさを失った。癒えがたい傷手《いたで》をしばらくは治すかに見えるあの一時の小康すらもはや私たちのあいだにはなかった。真実は八方から知れわたってしまったし、私は自分の心持をわからせるために、最も冷酷な最も無慈悲な表現を借りた。そして、エレノールが泣くのを見なければやめなかった、しかもその涙でさえたとえば一塊の燃える熔岩にすぎず、一滴一滴私の心臓の上に落ちては私に悲鳴をあげさせはしたものの、私をして一言の取消だにいわせることはできなかった。そんな時であった、一度ならず、顔蒼《あお》ざめて予言者のように起ち上る彼女が見られたのは。「アドルフ、」と彼女は叫ぶのであった、「あなたは自分の罪を御存じない。でもいつかは思い知るでしょう、わたしがあなたのためにお墓に投げこまれた時にわからしてあげます。」吐棄すべき男よ！　彼女がこういったその時、なぜ私は自ら彼女に先んじて墓に身を投げなかったのか！

第九章

私は最初の訪問このかた二度とT＊＊＊男爵の邸へ行ったことはなかった。或る朝、男爵から次のような短い手紙を受け取った。

「小生があのような御忠告を申し上げたからといって、かくも久しく拝眉の栄を得ないのは心外の至りです。貴君の事について採られた決心がいかなるものであるにせよ、貴君が小生の無二の親友の令息たることに変わりはありません。小生は従前どおり貴君との御交際を喜ぶものです、さてここに一つの集まりがあります、貴君をこれに御紹介することができれば、小生の喜びは大なるものがありましょうし、この集まりの人となられることは貴君にとっても必ずや愉快であると信じます。なお、一言つけ加えさせて下さい、小生は別にそれをとやかく申すのではないが、貴君の生活に何か奇異な点があればあるほど、貴君はなるべく社交界に出られて、おそらくは根拠なき世間の偏見を解消なさることが肝要かと存じます。」

私は年老いた人が示してくれた好意がありがたかった。彼の邸へ赴くと、エレノールの話は出なかった。男爵は私を晩餐に引きとめた。その日は相当才気のあり相当愛想のよい男たちが数人いるだけであった。最初はどぎまぎしたが、つとめて我慢をした。私は活気づき、しゃべった。できるだけ才気と知識とを見せた。私はどうやら人々の賛成をかちえるのに成功したことに気づいた。私は永いこと飢えていた自尊心の喜びをこの種の成功において再び見いだした。この喜びのために、T＊＊＊男爵の社会は私にとって一そう愉快なものになった。

男爵邸への私の訪問は繁くなっていった。彼はその職務に関係のあるいくつかの仕事で、私にゆだねても差支えないと思われるものをいいつけた。エレノールは初めのほどは私の生活のこの急変に驚いた、しかし私は父に対する男爵の友情を、さては有益な仕事をしていると見せることによって、私の不在を悲しんでいる父を慰める喜びを、彼女に語った。私は今これを書きながら良心の呵責に似た感じを覚えるのだが、あわれなエレノールは私が前よりも落ちついて見えるのに多少の喜びを覚え、あまり愚痴もこぼさずに、しばしば一日の大部分を、私と離れて過ごすに甘んじた。男爵は男爵で、私たちのあいだに少し信頼感が生じるようになると、再びエレノールのことを話し出した。私は実際の気持ではいつも彼女を善くいうつもりであったが、自分では気づかずに、一段と軽々しい一段と放埒な調子で彼女について口をきいた。或る時は一般的な金言を持ち出して、彼女の手から身をふりほどく必要を認めているむねを暗示した。或る時は冗談の助けを借りて笑いながら、一般に女のことや女と手を切ることのむずかしさを語った。これらの話は、すれっからしの魂を有し、自分も若い頃には恋のいざこざで苦しんだことがあったのをぼんやり思い出していた老公使をおもしろがらせた。こうして私は、一つの感情を隠し持っていたばかりに、多少ともみんなをだましていた。私はまずエレノールをだましていた、というのは男爵が自分を彼女から離そうとしていると知っていながら、彼女に黙っていたからである。次にT＊＊＊氏をだましていた、というのは彼女との関係を今にも絶つかのように氏に思わせていたからである。こうした二心《ふたごころ》は私の生まれつきの性格とはおよそ縁遠いものであった、しかし人間は余儀なくも絶えず包み隠さなければならない思わくを一つでも胸に持っていたが最後、堕落するものなのである。

この時まで、T＊＊＊男爵の邸で知り合った人とては、男爵の特別な交際関係の男たちばかりであった。或る日、彼は私にすすめて、彼が催すその主公の盛大な誕生祝いに残らせた。「君はポーランドの一流の綺麗な婦人にお会いになれますよ。なるほど、君のお好きな女《ひと》は見えますまい、それはお気の毒です。しかし世にはその自宅でなければ会えない女たちがあるのですから。」私はこの言葉にいたくも胸を刺された。私は沈黙を守った、しかし心ではエレノールを弁護しない自分を責めていた。彼女はその面前で人が私を攻撃でもしたら、どんなにか烈しく私を弁護してくれたであろうに。

来会者は多数であった。私はじろじろ見られた。父の名、エレノールの名、P＊＊伯爵の名が、私の周囲にひそひそとささやかれるのが聞えた。人々は私が近寄ると黙ってしまい、遠ざかるとまた始めるのであった。人々が私のことを、それもきっと各人各様に、話し合っているのは明らかであった。私の立場は堪えがたかった、私の額は冷汗にぬれていた。私は赤くなったり、青くなったりした。

男爵は私の当惑を見てとった。私の方へやって来て、心づかいと親切とをつくし、機会という機会をとらえて私に讃辞を呈した、かくて男爵の私に対する尊敬の力は、やがて他の連中をして余儀なく同様の敬意を私に表せしめた。

人々がみんな引きとった時、「もう一度だけ、胸を開いてお話ししたいのですが。」とT＊＊＊男爵は私にいった、「なぜ君は自分で苦しい境涯に留まっていようとなさるのです？　君は誰に善を施しているのです？　世間が君とエレノールとの仲を知らないとでも思っていらっしゃるのか？　君たちお互いの気まずさと不満とは誰知らぬ者もないのです。君は君の弱さで自分をそこなっておいでだが、君の片意地なのも劣らず君に禍いしている。その証拠には、矛盾も甚だしいことだが、君はあの女のためにこれほど不幸な目を忍んでいながら、あの女を幸福にしてやることはできないではありませんか。」

私はさきほど感じた苦痛にまだ傷つけられていた。男爵は父の数通の手紙を私に見せた。その手紙は想像していたよりもずっと烈しい悲歎を表わしていた。私は動かされた。エレノールの心をこの上いつまでも落ちつかせないでおくことを思うと、私の不決断はさらに大きくなった。ところがついに、すべてがぐるになって彼女に禍いしたかのように、こうして私がためらっていたその時、ほかならぬ彼女自身がその烈しいやり方で私の心を決めさせてしまった。その日、私はひねもす家を留守にしていた。男爵は人々の去った後まで私をその邸に引き留めていた。夜は更けていった。エレノールからといって一通の手紙がT＊＊＊男爵の面前で私に渡された。私は私の奴隷的屈従に対する憐れみのようなものを男爵の眼の中に見た。エレノールの手紙は苦味に満ちていた。「何だ、」私は自分にいった、「たった一日でも自由に過ごすことはできないのか！　一時間でも落ちついて息つくことはできないのか！　その足もとに連れ戻されるべき奴隷のように、あの女はいたるところ自分を追い廻す。」そして自分を弱いものと感じていただけよけい乱暴になって、「承知いたしました、」と私は叫んだ、「いたしますとも、エレノールと手を切るお約束を。三日後にはお約束を果たします、私が自分であの女に宣言してみせましょう、前もって父へお知らせ下すっても構いません。」

こういって、私はつと男爵から遠のいた。私はいま口にしたばかりの言葉に胸せまる思いであった、そして与えた約束は辛うじて信じているにすぎなかった。

エレノールは私を待ちこがれていた。どうした不思議な偶然からであったか、彼女は私の留守のあいだに、私を彼女から引き離すためのT＊＊＊男爵の努力を、初めて耳にしていた。私の述べた談議、私の弄した冗談が、彼女に報告されていた。疑惑の目を醒まされた彼女は、それらの疑惑を裏書きすると思われるようないくつかの事情を心に集め合わせていた。昔は決して会うことのなかった男との私の突然の交際、その男と私の父とのあいだに存在している親密な関係、それは否みがたい証拠であると彼女には見えた。彼女の不安はほんの数時間のあいだに非常に昂じていたので、今や彼女はそのいうところの私の《不実》を確信しきっていた。

私は一切をぶちまけてしまおうと決心して、彼女のそばに来たのであった。ところが彼女から責められて――人はこれを信じるであろうか？――すべてを回避しようとのみ努めた。私は否定しさえもした、そうだ、翌日宣言すると決めていたことをその日は否定したのである。

夜はおそかった。私は彼女に別れた。この永かった一日をすますために、急いで床についた、そしてこの一日は終ったという確信がつくと、しばらくは大きな重荷から解放されたような気がした。

あくる日はやっと正午ごろになって起きた。顔を合わせる時を遅らせればいよいよの時を遅らせることができるかのように。

エレノールは一つには自身の反省によって、また一つには前日の私の言葉によって、夜のあいだに安堵していた。彼女はその用向きについて私に語ったが、その信頼しきった様子は、私たちの仲を切っても切れぬものと見ていることを示してあまりあるものであった。彼女を孤立へ追いやるような言葉をどうしていい出すことができよう？

時は恐ろしい速さで流れていった。話合いの必要は刻々に迫っていた。決めておいた三日のうち、すでに後二日は消えようとしていた。おそくとも翌々日はＴ＊＊氏が私を待っているはずであった。父に宛てた氏の手紙は発せられていた、しかも私は何一つ約束を実行に移す試みはせず、約束にそむこうとしていた。私は外出し、帰宅し、エレノールの手を取り、一言いいかけてはすぐやめてしまった。私は地平線の方へ傾く太陽の歩みを見つめていた。再び日が暮れた。また延期した。まだ一日残っている。一時間あれば充分だ。

その一日も前日のように暮れた。私はT＊＊＊氏に手紙を書いて猶予を乞うた、そして弱い性格の者に自然のことであるが、手紙の中に無数の理窟を並べ立てて遅延を弁解し、遅延はしても自分のとった決心には何の変わりもない、すぐに今からでもエレノールとの関係は永遠に切れたものと見なされてよい、ということを表明した。

第十章　最後の章

つづく数日はそれまでよりも落ちついて過ごした。行動の必要をうやむやの中に捨てておいていたのである。もはやそのことで幽霊のように苦しめられはしなかった。私はエレノールに覚悟させるのはいつでもできると思っていた。せめては友情の思い出をとどめるために、一そうやさしく一そう情《なさけ》をこめてやりたかった。私の心の乱れはそれまでに経験したのとは全く異なっていた。私はかつては、エレノールと自分とのあいだに越えがたい障碍がふいに持ちあがってくれるようにと天に哀願したものであった。その障碍が持ちあがって来た。今となっては、まさに失いかけているものでもあるかのように、私はじっとエレノールに眼を注いだ。あれほどたびたびやりきれなく思われた女のしつっこさも、もはや恐ろしくはなかった。そのしつっこさからは前もって解放されたような気がした。私は彼女に譲れば譲るほど一段と自由な気持になって、むかし私を駆《か》って絶えずあらゆるものを引き裂かせた、あの内心の反逆はもはや感じなかった。もはや私の心に焦燥はなかった。それどころか、不吉な瞬間を遅らせたいとのひそかな望みがあった。

エレノールはこの、ひとしお懇《ねんご》ろな、ひとしお感じやすい気持を覚り、彼女自身もそれほど苦々《にがにが》しくはなくなった。私は避けていた語らいを再び求めるようになり、先頃はうるさかったが今や大切なものとなった彼女の愛の言葉を、いつもその都度これが最後ではあるまいかと思いながら享楽した。

ある夕ぐれ、私たちはいつもより楽しい会話の後で別れたところであった。胸に秘密を秘めているのは悲しかったが、その悲しみには何の烈しいところもなかった。望んでいた別れの時期がはっきりしないために、別れのことは考えずにいられたのである。その夜、城館《やかた》の中で、聞きなれぬ物音がした。音はやがて止んだので、私はさして気にもかけなかった。とはいえ朝になって、それを思い出すと、原因が知りたくなったので、エレノールの部屋へと歩を運んだ。私の驚きはどんなであったろう、彼女は十二時間以来、ひどい熱を出していて、召使たちが呼ばせた医者の言によれば危篤状態にあり、しかも彼女は私に知らせたり私を部屋に入れたりすることを堅く禁じているという！

私は無理にはいろうとした。と、医者が自ら出て来て、絶対安静の必要を説いた。なぜ彼女が私を部屋に入れることを禁じたのか、その理由を知らない医者は、私に心配をかけまいための心づかいであると見ていた。私は気が気でなく、彼女は一体どうしてかくも突然にかくも危険な状態に陥ったのかとエレノールの召使たちに訊いた。前夜、私と別れて後、彼女は騎馬の男によってもたらされた一通の手紙をワルシャワから受け取った。それをひらいて眼を通すなり、気絶してしまった。正気に返るや、一言もいわずに、寝台の上に身を投げた。彼女の興奮を気づかった小間使の一人が、知れないように部屋に残っていた。するとこの女は真夜中ごろになって、彼女がその寝台も揺れるばかりのおののきに捉えられるのを見た。小間使は私を呼ぼうとしたが、エレノールがいかにも烈しい一種の恐怖を見せて反対するので、あえてさからえなかった。医者を探しにやった。エレノールは医者の問いに答えることを拒んだし、今もなお拒んでいる。彼女はわけのわからぬ途切れ途切れの言葉を口にしながら、そして物をいうのを自ら禁じようとでもするかのように、しばしば口にハンカチをあてながら、夜を過ごしたのであった。

私がこれらの委細を聞いていた時である、エレノールのそばに残っていたもう一人の女が、おびえきってかけこんだ。エレノールは意識を失ったらしい。身のまわりの物を何一つ見分けようとしない。時々叫び声をあげたり、私の名を繰り返したり、それから恐怖に襲われて、何か厭わしいものを遠ざけてくれとでもいうかのように、手真似をしたりしている、というのであった。

私は彼女の部屋にはいった。寝台の足もとに二通の手紙が落ちているのが見えた。その一つはT＊＊＊男爵に宛てた私の手紙であり、他の一つは男爵自身がエレノールに宛てた手紙であった。今やこの恐ろしい謎はわかりすぎるほどわかった。不幸な女をいたわりたいばかりに、なおも最後の別れを惜しむ時をかせごうと努力していたのが、かえって禍いしたのである。エレノールは、彼女を捨てるという約束の、私の自筆の手紙を読んだのであった。あの約束は、もっと永く彼女のそばにいたかったばかりに書かれたものであり、そしてそういう願いの烈しさこそが私を駆って繰り返させ、またさまざまに敷衍《ふえん》させたものであったのに。T＊＊＊氏の冷やかな眼は、一行ごとに繰り返されたこれらの誓言《せいごん》の中に、私の隠している優柔不断と、私自身の不決断から出た策略とを、容易に見てとっていた。しかし残酷な彼は、これらの誓言もエレノールには取り返しのつかぬ宣告と見えるだろうと、ちゃんと計っていたのである。私は彼女に近づいた。彼女は私を見つめたが、私がわからなかった。私は彼女に話しかけた。彼女は身をふるわせた。「何の音?」と彼女は叫んだ、「わたしを苦しませた声だわ。」医者は私がいると病人の譫言《うわごと》がひどくなるのを見て、遠のいてくれるようにといった。三時間もの永いあいだの感じを、どういい表わしたらよかろうか? とうとう、医者が出て来た。エレノールは深い眠りに落ちている。こんど眼が醒めた時、熱が下っていたら、助からぬことはあるまいという。

エレノールは長いこと眠った。眼を醒ましたと聞くと、私は彼女に手紙をやって、部屋に通してくれと頼んだ。はいるようにとの返事であった。私は話そうとした。彼女はさえぎった、「むごいことはなんにもおっしゃらないで。わたしはもうせがみもしませんし、どんなことにも反対はしません。でも、あんなに大好きだったあなたのお声、わたしの胸の奥にひびきわたっていたあなたのお声、あのお声がわたしの胸にはいって胸を引き裂くようなことがありませんように。アドルフ、アドルフ、わたしは乱暴でした、あなたのお気に障ったかも知れません、でもわたしがどんなに苦しんだかあなたは御存じないのです。どうぞいつまでも御存じないように。」

彼女の興奮は極度に達した。彼女はその額を私の手においた。それは燃えるようであった。恐ろしい痙攣が彼女の顔をゆがめていた。「どうぞお願いです、」と私は叫んだ、

「愛するエレノール、私のいうことを聞いて下さい。そうです、私が悪かったのです、この手紙は……」彼女は身をふるわせて離れようとした。私は彼女を引きとめて、言葉をついだ、「私は弱くて、苦しんでいましたから、一時はひどくせがまれて負けたかも知れません。でも私たちの仲を裂くようなことを私が望むわけはないって証拠は、あなた自身がいくらでも握っていらっしゃるではありませんか？　私は不満でもあったし、不幸でもあったし、不当なこともしました。多分、あなたはあんまりひどく邪推と闘って、私の一時の下心に拍車をかけたのです、私は今ではあんな下心は軽蔑しています。でもあなたは私の深い愛を疑うことができるのですか？　私たちの魂は切っても切れぬ無数のきずなでお互いに結ばれているのではありませんか？　過去はすべて私たちに共通ではありませんか？　ともに分け合った印象、二人で味わった楽しみ、いっしょに堪えて来た苦痛を思い出すことなしに、私たちは、やがて三年になる月日を一度でも振り返ってみることができるでしょうか？　エレノール、今日を新しい時期の初めとしましょう、幸福と愛との時を呼び返しましょう。」彼女は疑うような様子でしばらく私を見つめた。ついに言葉をついで、「お父さまや、あなたの義務や、あなたの御家庭や、あなたの御将来は？……」――「きっと、」と私は答えた、「一度は、いつかは、多分……」彼女は私のためらいを見てとって叫んだ、「ああ、すぐ取りあげてしまうくらいなら、なぜ希望を返して下すったのでしょう？　アドルフ、あなたが努めて下すったのは感謝します。それはわたしのためになりました、あなたには何の御迷惑もかけないでの上だと思えばなお結構だと思います。でもどうぞ、行末のことはもう話さないようにしましょう。たといどんなことが起こっても、御自分をお責めになることはありません。あなたはやさしくして下さいました。所詮わたしの望みは遂げられない望みだったのです。愛はわたしの生活の全部でした、でも、あなたの生活の全部ってわけにはゆかなかったのです。もう、あと数日です、わたしをみとって下さい。」涙は彼女の眼から澎湃《ほうはい》として流れた。息づかいはそれほど忙《せわ》しくはなかった。彼女は頭を私の肩にもたせかけた。「いつもわたしはこうして死にたいと思っていたのです。」私は彼女を胸に抱きしめた。私はまたもやおのが計画を棄てることを誓い、気ちがいじみて残酷だった自分の非を認めた。「いいえ、」と彼女は言葉をついだ、「あなたは自由な身になり、満足なさらなくてはいけません。」——「あなたを不幸にしておいて、どうしてそんなことができましょう？」——「わたしが不幸なのも永いことではないのです、あなたに憐れんでいただくのも永いことではないでしょう。」私は懸念を払いのけてそれが杞憂であれかしと祈った。「いいえ、いいえ、アドルフ、」と彼女はいった、「永いこと死を希《ねが》っていると、おしまいには何かしら間違いのない予感がして、わたしたちの願いが叶えられたってことがわかるものです。」私は決してそばを離れないと誓った。「いつもそうなってくれればと思っていました、今度こそは間違いありませんわね。」

太陽がその暖めるのをやめた大地を憐れみ眺めてでもいるかのように、灰色がかった野原を寂しく照らしているかとも見える、あの冬の一日であった。エレノールは外に出たいといい出した。「大へん寒いですよ。」と私はいった。「構いませんわ、あなたと散歩したいのです。」彼女は私の腕をとった、私たちは永いこと一言もいわずに歩いた。彼女は苦しそうに歩を運び、ほとんど全く私にもたれかかっていた。「少し休みましょう。」――「いいえ、まだあなたに手を貸していただいていると思うとうれしいの。」私たちは再び沈黙した。空は澄んでいたが、木々の葉は落ちつくしていた。そよとの風もなく、横切る鳥のかげだに見えず、すべてが不動の姿であり、聞えるものはただ、凍《い》てついた草の足もとに砕ける音のみであった。「まあ、何もかも静かだこと！　なんて自然はあきらめがいいのでしょう！　わたしたちの心もあきらめるすべを学ぶべきではないかしら？」彼女はとある石の上に腰をおろした。ふいに、ひざまずき、うなだれて、頭を両手で抱いた。何か低くつぶやくのが聞えた。祈っていたのである。とうとう立ち上って、「帰りましょう、寒気がして来たわ。気分が悪くなりそうです。なんにもおっしゃらないでね。お話をうかがう気力もありませんの。」

この日から、エレノールが弱って、衰えてゆくのが見えた。私は彼女の周囲に四方から医者を集めた。或る者は不治の病であると知らせた。また或る者は気やすめをいってくれた。しかし暗い自然は眼に見えない腕でその容赦なき営みを黙々としてつづけていた。時としてエレノールは持ち直すように見えることもあった。彼女の上に圧《の》しかかっている鉄の手がひっこめられたと思われる時もあった。そんな時には、彼女は力無げな頭をもたげるのであった。両の頰はいつもより少し生き生きとした色に染められ、その眼は活気づいて来るのであった。しかし突然、何か知られぬ力の残酷なたわむれによって、この偽りの小康がかき消えてしまうと、医術もその原因を解くことはできなかった。私はこうして彼女が次第次第に破滅へと歩み寄るのを見た。あんなに気高くあんなに表情に富んだこの面《おもて》に死相が刻まれてゆくのを見た。何という屈辱的な歎かわしい光景であろう！　私はあの力強い、誇り高かった性格が、肉体の苦しみから混乱した、支離滅裂な印象の数々を受けるのを見た。あたかも、こうした恐ろしい瞬間にあっては、魂は肉体によって傷つけられて、それほど骨折らずに諸器官の荒廃に順応しようがために、あらゆる方向に変容するものででもあるかのように。

エレノールの心の中でただ一つ決して渝《か》わらない感情があった、それは私に対する愛情であった。彼女は衰弱のために私に話すことは滅多になかった、しかし黙って私をじっと見つめるのを常とした。そしてその時には、彼女の眼ざしはもはや私が与えることのできぬ生命を私に求めているように私には思われた。私は彼女に激しい感動を与えるのを恐れて、いろいろな口実を設けて外出し、かつて彼女とともに来たことのある場所から場所をあてどもなく歩き廻っては、数々の石や、木々の根や、彼女の思い出をしのばせる物という物を涙でぬらした。

それは愛の憾《うら》みではなく、もっと暗いもっと悲しい感情であった。愛は愛の対象と深くも同一化するものであるから、その絶望の裡にすら、何らかの魅力はある。愛は現実に抗して、また運命に抗して闘うものであり、愛の望みの烈しさは愛をして自らの力を思い誤らせ、その苦痛のさなかにあっても愛を昂揚させる。しかるに私の苦痛は陰鬱で孤独なものであった。私はエレノールといっしょに死のうとは望んでいなかった。束縛を受けずひとりで横切りたいとあれほど幾度《いくたび》となく願っていた世間という砂漠の中に、私はやがて彼女無しに生きてゆこうとしていた。私は自分を愛していいてくれた女を滅茶滅茶にしてしまっていた。倦むことのない愛情でどこまでも私に身をささげていてくれたあの心、私の心の伴侶を、滅茶滅茶にしてしまっていた。すでに孤独感が私を襲っていた。エレノールはまだ生きてはいたが、もはや彼女に私の考えを打ち明けることはできなかった。私はすでに地上でただひとりであった。私は彼女が私の周囲にひろげていてくれたあの愛の雰囲気の中にはもはや生きていなかった。呼吸する空気はひとしおざらついて見え、出会う人々の顔はひとしお冷淡に見えた。全自然は私に告げているように思われた、お前はこれっきり永遠に愛されることをやめようとしているのだぞ、と。

エレノールの危険は急に一そう差し迫ったものとなった。紛うかたなき徴候が臨終の近きを知らせた。彼女の属している宗派の司祭がそれを彼女に告げた。彼女はたくさんの書類のはいった一つの手箱を持って来るようにと私に頼んだ。彼女はその書類のいくつかを眼の前で焼かせた、しかしどれか一つを捜して見つからないらしく、その心配は非常なものであった。彼女は躍起となって捜して、その間二度も気絶した。私は捜すのはよしてくれと哀願した、「ええよしますわ、」と彼女は答えた、「でもわたしのアドルフ、一つだけお願いをきいて頂戴。どこかわからないけれど、わたしの書いたものの間に、あなたに宛てた手紙があるのよ。どうぞ読まずに焼いて下さい。わたしたちの愛の名において、また、あなたが楽しいものにして下すったこの最後の瞬間の名において、お願いしますわ。」私はそれを約した。彼女は一段と落ちついた。「さあもう信仰のお勤めを果たさして下さい。わたしはつぐなわなくてはならない過失《つみ》がたんとあるのです、あなたに対するわたしの愛も多分一つの過失だったのね、でもこの愛があなたを仕合わせにすることができてたら、そうは思わないでしょうけれど。」

　私は彼女のそばを離れた。やっと戻った時は、彼女の召使たち全部とともに、荘厳な最後の祈禱に臨むためであった。私は部屋の片隅にひざまずいて、ある時は物思いに沈み、ある時は我にもない好奇心から、ここに集まったすべての人々を眺め、ある者の示している恐怖、また他の者の放心、さては習慣の力の不思議さを見た。この習慣の力の不思議さはありとあらゆる定めの宗礼の中に無関心さを持ちこみ、最も厳めしく最も恐ろしい儀式をも形式だけの慣例的な物と見なさしめるのである。私はこれらの人々が臨終の祈りの言葉を機械的に唱えるのを聞いた、彼ら自身もいつかは同じような場面で役者を勤めなければならぬということを忘れてでもいるかのように、また彼ら自身もいつかは死ななければならぬということを忘れてでもいるかのように。とはいえ私はこうした宗礼を侮ろうなどとは思いもよらなかった。われわれ人間の無知なる、その無用を断言し得るような宗礼がただ一つでもあろうか？　宗礼はエレノールに落ちつきを返し、彼女を助けてあの恐ろしい一歩を跨がせることとなった。われわれは皆この一歩に向かって進んでいながら、その時になってどんな感じがするものかは誰ひとり予知することはできない。私は人間が何か一つの宗教を必要とするのを意外とするのではない。かりそめにも一つの宗教をあえて捨てるほど自己の強さを恃《たの》み、自分は不幸の圏外にあると思いこむことに驚くのである。思うに人間は、弱いものであってみれば、ありとあらゆる宗教にすがりたくなるのが当然ではなかろうか？　われわれを取りかこむ深い闇の中にあって、われわれはただ一つの微光でもこれを斥けることができようか？　われわれを押し流す奔流の真只中にあって、われわれはただ一つの木の枝でもこれにすがりつくのをあえて拒むことができようか？

エレノールはかくもいたましい儀式の印象を受けて疲れたように見えた。彼女はかなり穏やかにまどろんだ。眼を醒ました時はそれほど苦しんではいなかった。部屋にいるのは私だけであった。私たちは時どき永い間《ま》をおいて語り合った。病状の予測に最もすぐれた腕前を見せていた医者が、彼女は二十四時間ともつまいと私に知らせていた。私は時を刻む柱時計とエレノールの面《おもて》とを代わるがわる見つめたが、彼女の面には何の新しい変化も見えなかった。一刻一刻と経つにつれ私は希望によみがえり、医者の予想も人を欺くものとして疑われて来た。と、突然、エレノールは俄に飛び上った。私は彼女を両腕で抱きとめた。ひきつるようなわななきが彼女の総身を波打たせていた。眼は私を探していた、しかしその眼には漠とした恐怖の色が浮かんで、何か私の眼には見えない脅すものに向かって赦しを求めてでもいるようであった。彼女は起き上り、また倒れた、余所目《よそめ》にも逃げようとあせっているのがわかった。いわば彼女は、眼に見えぬ物的の力が最期《いまわ》の際《きわ》を待ちあぐみ、この死の床でやっつけてしまうために、彼女をとらえて放さなかったのと闘っていたとでもいえよう。ついに彼女は敵なる自然の遮二無二な攻撃に負けた。その手足はぐったりとした。彼女はいくらか意識を回復したように見え、私の手を握りしめた。泣きたそうであったがもはや涙はなく、話したそうであったがもはや声はなかった。彼女はあきらめたように、私の腕にささえられていた頭を、がっくりと垂れてしまった。その呼吸は一そうゆるやかになった。数瞬の後には、もはやこの世の人ではなかった。

私は生命《いのち》なきエレノールのそばに、永いこと身じろぎもせずに留まっていた。亡くなったということがまだ心にのみこめなかった。私の眼は呆然おどろいてこの生命なき肉体を眺めていた。小間使の一人がはいって来て、悲しい知らせを家じゅうに伝えた。身辺に起こった物音が私を自失の状態から醒ました。私は起ち上った。と、その時である、胸の張り裂けるような苦痛と、永遠の別れの恐ろしさとが、ひしひしと感じられたのは。人々の動き、かの俗世の営み、もはや死者にはかかわりのないあまたの配慮と騒々しさが、私の永びかしていた幻想、なおもエレノールとともに在るような気がしていたあの幻想を、吹き散らしてしまった。私は最後のきずなが切れ、おぞましい現実が永遠に彼女と自分とのあいだに挟まったのを感じた。かつて奪われてはあれほど惜しんでいた自由、あの自由が今や私にはどんなに重苦しいものとなったことであろう！　かつて私にしばしば堪えがたい思いをさせた束縛、あの束縛がないのが今や私の心にはどんなに物足りなかったことであろう！　ついこのあいだまで、私の一切の行動には一つの目的があった。私は自分の行動の一つ一つで、女に苦痛を免れさせてやることもできれば、歓喜をもたらしてやることもできるという確信があった。私は当時はそれをこぼしていた。近しい者の眼が自分の振舞いを観察しており、他人の幸福が自分の振舞いにかかっているのが我慢できなかったのである。ところが今は誰ひとり私の振舞いを観察する者もなかった。私の振舞いなどには誰も関心を持たなかったのである。誰ひとり私の時間を割《さ》いてもらおうとして一刻を争う者もなく、外出すればとて呼び返してくれる声もなかった。げに私は自由なのであった、もはや愛されてはいないのであった、すべての人々にとって他人なのであった。

エレノールが命じていた通り、その書類が全部私のところにもたらされた。私は一行ごとに、彼女の愛の新たな証《あかし》と、彼女が私のために払い私に隠していた新たな犠牲の数々とを見た。そして最後にあの手紙、焼くことを約束していたあの手紙を見つけた。私は最初はそれと気がつかなかった。それは宛名がなく、開いたままになっていた。いくつかの単語が我にもなく私の視線をとらえた。視線をそらそうとしたが駄目であった。私は全部読みたいという欲求にさからうことができなかった。私はこの手紙を書き写す力はない。これはエレノールが、まだ病気にならない前、いつだったか烈しいいさかいの後で認《したた》めたものであった。「アドルフ、なぜあなたは私をしつこくお苦しめになるのでしょう?」とあった。「あなたを愛し、あなた無しには生きてゆけないというのが何で罪なのでしょう? あなたが厄介なきずなを思い切ってお断ちになることができず、ただお情《なさけ》でそばにいて下さる不幸な人間を滅茶滅茶になさるのは、何という変なお慈悲でしょう？　私はせめてあなたを親切な方だと思って悲しい慰めとしたかったのに、なぜそれさえさせては下さらないのです？　なぜあなたは怒りっぽくて弱いのですか？　あなたは私の苦しみを思いわずらっていらっしゃるくせに、その苦しみを見せつけられても御自分を抑えることはおできになりません！　どうしろとおっしゃるのでしょう？　あなたのおそばを離れよというのでしょうか？　私にそんな力がないのはよく御存じではありませんか？　あなたが、愛していらっしゃらないあなたが、あれほどの愛にも融けない、私に倦きあきしているお心の中に、その力を見つけて下さるべきです。あなたはその力を私に与えては下さいません、あなたは私を涙の中で衰えさせておしまいになるのでしょう、あなたのお膝下で死なせておしまいになるのでしょう。」また彼女は他の箇所で書いていた、「一言いって下さればいいのです、あなたの生活の重荷にならないで、おそばに暮らすためなら、私がお伴してゆかない国があるでしょうか、私が身をかくさない隠れ家があるでしょうか？　いいえ、いいえ、あなたはそんなことをお望みにはならないのです。私がおずおずとふるえながら持ち出す計画を――だってあなたは私を恐怖で凍らしておしまいになったのですもの――あなたは我慢できずにみんなお斥けになるのです。私がせいぜい頂くのはあなたの沈黙だけです。あんまり情《つれ》ないお仕打ちはあなたの御性格に似合いません。あなたはいい方です、あなたのなさることは気高くて献身的です、でもどんな行為なればとてあなたのお言葉が消しえましょう？　あのひどいお言葉は私の身のまわりにひびきわたり、夜でも聞えますし、私につきまとって、私をさいなむのです。お言葉はあなたのなさることをみんな傷つけてしまうのです。では、アドルフ、私は死ななくてはならないのでしょうか？　ええ、死んであげますとも。あなたが保護しては下すったものの、ひどくお打ちになるあの可哀そうな女、あの女は死んでゆくでしょう。あなたがおそばにおいて下さることもできず、邪魔もの扱いになさり、あなたにうるさがられずに身をおく場所は一つとて持たない、あの厄介なエレノール、あの女は死んでゆくでしょう。ええ、死にますとも。あなたは交わりたくてたまらないでいらっしゃるあの群衆のまん中をひとりで歩いてゆかれることでしょう。今あなたは人々が無関心なのを感謝していらっしゃるけれど、それらの人々がどのような人間だかは段々おわかりになって、そして多分いつかは、人々のかさかさした心に胸ふたがれて、あなたが自由になすっていたこの心、あなたのお情《なさけ》で生きていたこの心、あなたを庇うためならどんな危険でも冒したであろうこの心、でもあなたがもはや一瞥でだに報いては下さらないこの心、この私の心を失ったことをお惜しみになる日もあるでしよう。」

刊行者への手紙

御親切に御貸与下さった手記をお返しいたします。御好意ありがとうございました。おかげで時が消していたいろいろな悲しい記憶が私の裡に蘇って来ました。私はあの物語に出てくる人物は大てい知っていたのでした、と申すのもこれは全くの実話にほかならないからです。私はあの物語の作者であり主人公である、あの変わった不幸なアドルフをよく見かけました。私はあの愛すべきエレノール、当然もっとよい運命を楽しみ、もっと実のある男につくべきエレノールに忠告して、女に劣らず惨めなくせに一種の魅力で女を支配し、その弱さのため女を滅茶滅茶にしていた悪い男と、手を切らせようと試みたものです。ああ！　彼女と会った最後の時でした、私は彼女をいくらか力づけてやり、その理性を心臓に対して武装させてやったと思っていました。少し不在を過ごして、彼女を残して来ていた土地に戻ってみますと、そこにはただ墓があるばかりだったのです。

貴下はあの逸話を公になさるべきかと存じます。あれは今となっては誰にも迷惑を及ぼすことはないでしょうし、また思うに、役に立たなくもないでしょう。エレノールの不幸は、最も熱烈な感情といえども物の道理にはさからえないということを証拠立てています。社会はあまりにも力強く、あまりにもいろいろな形を借りて現われるものです。社会はおのが嘉《よ》しとしなかった恋愛に対してはあまりにも辛くあたるものです。社会は移り気への傾向や堪えがたい倦怠などという、むつまじい仲にあっても時として俄に魂をとらえる心の病いを助勢するものです。世間の門外漢どもがいかに道徳の名においておせっかいをし、いかに徳への熱心さから害毒を流すかは全く見ものです。彼らは自分たちが愛することができないので、他人が愛し合っているのを見ると癪に障るとでもいうのでしょうか、何か口実を見つけてはこの愛を攻撃し、これを破壊して喜ぶのです。ですから、感情一つを頼みとする女は不幸なるかなです！　すべてがぐるになってこの感情を毒害しようと待ち構えていますし、この感情を合法的なものとして尊敬することを余儀なくさせられない時には、社会は人の心のありとあらゆる浅ましさでもって、この感情に対して武装し、人の心のありとあらゆる善いものに水をさそうとするのですから。

貴下が次の事を附記されるならば、アドルフの例もまたエレノールの例に劣らず教訓になるものであろうと存じます。すなわち、彼は自分を愛した女を斥けて後も、相変わらず不安で心落ちつかず不満でいたということ、あれほどの苦悩と涙との犠牲を払わせたあげくに取り戻した自由を少しも役に立てなかったということ、そして非難に値するものとなると同時に憐憫に値するものとなったということ、これです。

もしその証拠が御必要なら、どうかここに添えた手紙を御覧下さい、アドルフのその後の身の上がおわかりになりましょう。彼はさまざまな数ある境遇を経たことですが、身内に組み合わされて巣くっていた利己主義と感受性とのあの混淆の犠牲として、いつもおのれの不幸をつくり他人の不幸をもたらしたのでした。彼は悪をしでかす前には悪と知りながら、ついしでかしてしまっては絶望的にたじろぐのです。彼はその短所でよりも長所で罰されるのです、と申すのも彼の長所はその感動から来るもので、その主義主張から来るものではないからです。彼は最も献身的な男であるかと思えば最も冷酷な男となり、最初は献身から始めても最後は必ず冷酷で終わるといった具合で、その無法の跡を残すばかりだったのです。

その返事

拝復。仰せのごとく私はお返し下さった手記を公にしようと思います、(もっとも貴下のようにあの手記が役に立つかも知れないと考えるからではありません、この世では誰でも自ら苦《にが》い経験をなめてみるのでなければ物を学ばないものですし、それにあの手記を読む女たちは皆、自分はアドルフなんかより立派な男に出会ったことがあるとか、自らエレノールにまさっているとかうぬぼれることでしょうから、)ただ私は人の心の惨めさを相当よく写しえた物語として、あれを公にしようと思うのです。もしもそこに為になる教訓がふくまれているとすれば、その教訓は男たちに向けられたものでありまず。あの手記は、人があんなに誇りとするかの才気なるものは、幸福を見つけるのにも役立たねば幸福を与えるのにも役立たぬということ、また性格、決断、忠実、親切などというものは天に向かって求めるより仕方のない天性だということを証拠立てています。そして私は、焦慮を抑える力もなければ、かつて一瞬の悔恨にさそわれてふさいでやった傷口を再び開けることをその焦慮に禁じる力もない一時の憐憫を、親切と呼ぶわけにはゆかないのです。人生の大きな問題、それはわれわれがひき起こす苦悩です。いかに巧妙な形而上学といえども、慕い寄る女を滅茶滅茶にした男を、正しとすることはできません。それに私は、筋道さえたてばそれでいいと思いこむような男のうぬぼれが嫌いです。自分がなした悪を語りながら、実は自分自身のことを語り、自らを描いては人の同情を獲るのだと自負し、女の苦しみの跡を平然と見おろしては、悔いはせず自己分析をするあの《虚栄》、私はああした《虚栄》が嫌いです。自分自身の無力は棚にあげていつも他人を責め、悪は周囲にあるのではなくておのれの裡にあることを知らぬあの《弱さ》、私はああした《弱さ》が嫌いです。アドルフがその性格の罪をその性格自身によって罰せられたであろうということ、彼が何一つ定まった道はたどらず、何一つ役に立つ職にはつかず、ただもう気まぐれの赴くままに、焦燥を唯一の力として、その才能を使い果したであろうということは、私にもわかっていたかと思います、そうです、それはみなわかっていたかと思います、たとい貴下が彼の身の上に関する新しい委細を御提供下さらなかったとしましても。(私はこれを何かに使うか否かはまだ決めていませんが。)たとい外部の境遇などというものはまことに取るに足らぬもので、性格がすべてです。

物や人とは縁が絶てても、自己と縁を絶つことはできません、またいかに境涯を変えても、つまりは振りほどこうと望んでいた苦悩をその境涯の一つ一つに移し持ってゆくだけで、場所を変えても性格を矯《た》めるわけではないのですから、得るところはただ悔恨に良心の呵責を加え、苦しみに過失を加えたことにしかならないのです。

――おわり――

解　題

コンスタンはその日記の中で、文学に没頭するように努めなくては、という意味のことを書きつけていて、ソフォクレスの例を想起している。いわく、ソフォクレスは悲劇詩人であったと同時に、将軍であり政治家ででもあったので、彼がアテナイ共和国のために尽した功績は輝かしいものであった。おそらく当時の人々は彼の詩才よりも彼の官位を羨んでいたであろう。けれども今日において、ソフォクレスが詩人以外の何かであったことを知っている者は、よほど学問のある一部の人たちだけにすぎない、うんぬん。

この同じ言葉は、そういうコンスタン自身にもあてはめることができる。コンスタンはその切なる願いにもかかわらず、ついに文学に一生をささげることはできなかったけれど——換言すれば生前には政治家・雄弁家として華々しい活動をしたとはいえ、しかも彼の名が今日なおわれわれに親しいゆえんは、実に小説『アドルフ』の作者としてにほかならないのである。

＊

バンジャマン・コンスタン Henri Benjamin Constant de Rebecque は一七六七年十二月二十五日、スイスはローザンヌに生まれた。家は代々軍人で、父はジュースト・コンスタン・ド・ルベック Juste Constant de Rebecque といい、当時オランダの軍隊に勤めていた。母はアンリエット・シャンデュ Henriette Chandieu といって、《宗教上の理由》でこの国に亡命していたフランスの旧家の出である。コンスタン自身の語るところによると、彼女は彼の出生後八日にして産褥に死んだ。

コンスタンは初め家庭教師の手で厳格な教育を施され、ついで父の意志に従ってオクスフォード、エルランゲン、エディンバラなどの大学に学んだ。何しろ大へんな早熟の子であったらしく、自叙伝『赤い手帳』*Le Cahier rouge*（一九〇七年刊。正確な標題は『わが生活、一七六七―一七八七年』*Ma vie, 1767-1787*）を読むと、幾多の女が現われてくるのを見るが、なかんずく挙げるべきは彼が一七八七年パリで知ったシャリエール夫人 Mme de Charrière である。そのとき夫人は年齢すでに四十七。夫人のすぐれた才気と烈しい情熱とが、若いコンスタンの上にどんな影響を与えたかは察するにかたくない。彼女のおもかげは『アドルフ』第一章の《老婦人》の中に伝えられているという。

一七八八年には北ドイツの、ブラウンシュヴァイク公の侍従となり、翌年五月、退屈まぎれに同地のある女を娶ったが、ふたりの仲はおもしろからず、ついに一七九五年の離婚沙汰となって、彼の厭世癖を深めることとなった。

スタール夫人 Mme de Staël (1766-1817) との交情が始まったのは一七九四年である。あたかも夫人は恐怖時代のフランスを避けて、ジュネーヴに近いコペの城館に、父ネケールのかたわらにいた。夫人の父がコンスタンの父と同じくスイスの人であり、母方の家がやはりフランスの亡命客であったということは、興味ふかい暗合である。一七九五年、夫人とともにパリに出ると、彼はフランスの破産に乗じて、スイスの貨幣をつかい、土地を買入れなどして金をもうけ、また政界に出てしゃべったり、パンフレットを書いたりし始めた。いうまでもなくスタール夫人の主宰するオテル・ド・サルムのグループに属していたので、タレイランやシエイエスなどとともに、立憲王政を目ざしていたのである。しかし夫人との関係はすでにして堪えがたいものになったらしい。人一倍孤独と独立とを欲していながら、優柔不断で弱い性格に呪われていた彼が、この《男おんな》の《鉄の手》を逃れようとしていかにもがいたかは、彼の『日記』*Journal intime*（一八〇四—

一八一六年間の日記。現在のところ最も完全な版は一九四五年の刊行にかかる）が詳細に伝えるところである。

一七九九年、ナポレオンが第一執政になると、コンスタンは熱望していた護民官の一員に任ぜられたが、間もなくナポレオンの専制的計画に反対を表明したために、他の五、六人の同志とともにその位置を追われた。かくてやはりナポレオンのためにサロンを解散させられたスタール夫人と連れ立ってドイツへ亡命したのは一八〇三年のことである。ドイツではヴァイマルに住んでゲーテやシラーなどとゆききし、また『ヴァレンシュタイン』を訳したりした。しかしスタール夫人との仲はいよいよ破綻に瀕しつつあった。一八〇八年の夏にはかつてブラウンシュヴァイクで知って以来文通をつづけていたシャルロット Charlotte de Hardenberg と結婚して、ゲッティンゲンに移り住み、一生の大著『宗教論』*De la religion*(5 vol., 1824-1831) の述作に従っている。なおこの亡命時代の著作としては、『征服の精神と簒奪《さんだつ》とについて』*De l'Esprit de conquête et de l'usurpation*（一八一三年執筆）を挙げなければならない。これは軍政を民政に適用することの危険と、征服による簒奪の不可とを論じたもので、全ヨーロッパにもてはやされた。

一八一五年三月十九日、エルバ島を出たナポレオンがパリに入る前日のことである。

前年からフランスに帰っていたコンスタンは、『デバ』紙上にナポレオン弾劾の猛烈な一文を掲げた。翌日ナポレオンはテュイルリ宮に入った。コンスタンは早くも亡命の用意をととのえていた。ところが狡猾な皇帝は自由主義者の陣営に《支柱》を求めようとして、コンスタンに命じるに「帝国憲法追加法」の編纂をもってした。『アドルフ』の作者はけろりとしてこれに応じ、やがて参事院議員に任じられるにまかせた。けだしこのような変節は当時の政治家にあってはさして珍しくはなかったのである。

ワーテルローの敗戦を経て第二王政復古となるとコンスタンはイギリスに逃れたが、翌一八一六年にはフランスに舞い戻り、以後、立憲派の陣営にあって戦い、一八一九年には初めて代議士に選ばれた。かくて議会に出るや大いに雄弁家としての才をあらわし、民衆のあいだにようやく人気を獲るに至った。しかしこの時にはすでにその健康が、永いあいだの放埒と賭博とのために、急速に衰えかかっていた。一八三〇年の七月革命に際しては革命党に味方してルイ-フィリップの即位に尽力した。ところが賭博の負債のつぐないをつけるために、王から三十万フランの金をもらうの余儀なきに至った。その時の彼の言いぐさがおもしろい。——「自由は感謝に先んじなければなりません、ですからもし陛下の政府が過失を犯すようなことがございましたならば、私はまっさきに立って反対党を糾合いたすことを申し上げておきます。」

亡くなったのは一八三〇年十二月八日である。盛大な葬式で、学生や労働者たちが霊柩車を引いてゆき、当時の最大の人気者ラ・ファイエットが追悼演説をした。確固たる性格を欠き、一時の情熱のとりことなりがちであったコンスタンは、その政治的生涯において時として変節とも見える事件をひき起こしたこともあるが、本質的には終始一貫して自由主義の使徒であり、立憲王政主義者であったといわなければならない。

*

『アドルフ』が初めて書き上げられたのは一八〇六年であり、すでにコンスタンの友人のあいだでは朗読などによって知られていたが、いよいよ上梓されたのは十年後の一八一六年であった。ロンドンおよびパリの両地から時を同じうして出た。

『アドルフ』は自伝的恋愛小説である。主人公アドルフはもちろんコンスタンその人にほかならない。しかし女主人公エレノールのモデルについては幾多の説があって、スタール夫人、リンジ夫人 Anna Lindsay、シャルロット・ド・アルダンベール等々の名が挙げられているが、いずれが真であるかは容易に断定を下しがたい。確かなことは、モデルとして誰か一人を探すのは間違いだということである。

『アドルフ』は恋愛小説である。しかし世の常の恋愛小説ではない。発端の第一章は別として、つづく二章だけが恋と誘惑とのためにあてられ、残る七章全部は男が恋を獲た後の倦怠と、断とうとして断ちきれぬ恋の軛《くびき》の下でのもがきを写しているといえば、この小説がいかに特異なものであるかがわかるであろう。ブランデスはその『移民文学』の中でいっている。――《『アドルフ』はそれ以前の恋愛小説のごとく、恋愛をば単に希望の光り美しき、その最初の目覚めにおいてのみ描写したものではなく、いわば恋愛の全閲歴を叙述している、すなわち恋愛の成長、凋落および死を物語っている。〔……〕この作においては、人生の花そのものが一つ一つの花弁を引きむしられて、精細に解剖せられている。》これまで恋愛は、《与えられたもの、簡単な或るもの》として取り扱われていた。今や恋愛を《ある複合物として観察し、かつそれをその各要素に分解しようとの試み》がなされ始めた。つまり《恋愛の詩の代りに、恋愛の心理学が提供されたのである。》

ではエレノールとの関係におけるアドルフの苦悩はどこから来たか？　コンスタンは『アドルフ』の巻末に添えた「その返事」の中で厳しく自己を裁き、《境遇などというものはまことに取るに足らぬもので、性格がすべてです》と書いているが、実際コンスタンの性格ほど複雑をきわめた厄介なものはなかった。彼は情熱的であるかと思えば冷酷であり、絶えず孤独にあこがれていながら孤独にも安住しえず、自らは何の悪意もないのに他人に禍いをもたらし、また自己の不幸の種を蒔くのであった。しかもこの矛盾のかたまりとも見える彼の裡には最も鋭い反省力があって、彼は片時も自己分析を忘れることができなかった。自己意識の過剰、自己分析の癖、そしてそこから生じる悩みは、所詮すぐれた近代人の誰でもが負わなければならぬ十字架である。ミュッセも、ボドレールも、アミエルも、この十字架を負わせられた人であった。最も大胆な個人主義者であり、最も徹底した自由主義者であったコンスタンが、《最も近代的な悩みの殉教者》だったのはまさに当然のことであろう。かくて彼の自叙伝『アドルフ』は、《自己分析の病いの決定的なモノグラフィ、人の心そのもののように不朽なモノグラフィ》(ポル・ブールジェ)となったのである。

『アドルフ』の文体については定評がある。作中人物の感情の動きと、それを描く文体とのあいだの調和において、この小説ほど見事な成功を示しているものはあるまい。作者はヴォルテールに次ぐ当代第一の才人でありながら、しかもその文を《アドルフの魂に釣り合わせるために》、才気を斥けて簡潔に簡潔にと心がけたのであった。すなわち二人の主人公の心理以外のことに関しては極度に筆が省かれ、自然描写に至っては最小限度の必要にとどめられている。文学史的に見て、当時のロマンにおけるリリスムの氾濫への反動であり、後のスタンダルの『赤と黒』、メリメの『二重の誤解』などに通じるといわれるゆえんであろう。

疑いもなく、『アドルフ』は、近代心理小説の先駆である。『弟子』の作者ポル・ブールジェがこの小説をほとんどそらんじていたというのはいわれのないことではない。

以上は拙訳の初版に際して執筆した解題にいささか手を加えたものである。以来、早くも三十年に近い月日が流れたが、明晰をきわめた知性にかがやくこの珠玉のごとき短い小説の声価は、日を追うて高まってゆくばかりである。したがって、コンスタンと『アドルフ』とに関する評論や研究書のたぐいはすでに汗牛充棟もただならぬ量に達している。

その中から、ここではただ一つ、シャルル・デュ・ボス Charles Du Bos の『バンジャマン・コンスタンの偉大と悲惨』*Grandeur et misère de Benjamin Constant*(1946)の一節を

紹介しておきたい。コンスタンへの新しい見方として注目に値すると考えられるからである。いわく、

《バンジャマン・コンスタンのこの上ない気高さは、普通には行為だけしか問題にならないあの責任の領域に、感情そのものをもふくませている点にある。〔……〕それは、彼の裡に感情が途切れたり、衰えたり、枯死したりする時、彼がもはや感情を失ったということについて、自ら責任を感じるばかりでなく、自ら罪あるものと感じる点にある。》

最後に、一九五一年に初めて公刊された『セシル』*Cécile* について一言しておく。これもやはり短い自叙伝的物語で、一八一〇年ごろに書かれたものと推定される。『アドルフ』と同じく《心の間歇《かんけつ》》、すなわち愛することのできない心の病いを、容赦ないメスをふるって解剖したものである。しかも、ここでは二重の恋愛が取り扱われており、二人の女――セシルとマルベ夫人とが、主人公つまり作者の犠牲となっている。セシルは前記のシャルロットを、マルベ夫人はスタール夫人を、モデルにしたものであるという。

一九六四年五月五日

訳　者

アドルフ　コンスタン作

1935年4月15日　第1刷発行
1965年8月16日　第28刷改版発行
2010年4月21日　第61刷改版発行
2020年4月16日　第63刷発行

訳者　大塚幸男《おおつかゆきお》

発行者　岡本 厚

発行所　株式会社 岩波書店
〒101-8002 東京都千代田区一ツ橋2-5-5

案内 03-5210-4000　営業部 03-5210-4111
文庫編集部 03-5210-4051
https://www.iwanami.co.jp/

印刷・三陽社　カバー・精興社　製本・中永製本

ISBN 4-00-325251-9　Printed in Japan

読書子に寄す

——岩波文庫発刊に際して——

岩波茂雄

真理は万人によって求められることを自ら欲し、芸術は万人によって愛されることを自ら望む。かつては民を愚昧ならしめるために学芸が最も狭き堂宇に閉鎖されたことがあった。今や知識と美とを特権階級の独占より奪い返すことはつねに進取的なる民衆の切実なる要求である。岩波文庫はこの要求に応じそれに励まされて生まれた。それは生命ある不朽の書を少数者の書斎と研究室とより解放して街頭にくまなく立たしめ民衆に伍せしめるであろう。近時大量生産予約出版の流行を見る。その広告宣伝の狂態はしばらくおくも、後代にのこすと誇称する全集がその編集に万全の用意をなしたるか。千古の典籍の翻訳企図に敬虔の態度を欠かざりしか。さらに分売を許さず読者を繋縛して数十冊を強うるがごとき、はたしてその揚言する学芸解放のゆえんなりや。吾人は天下の名士の声に和してこれを推挙するに躊躇するものである。このときにあたって、岩波書店は自己の責務のいよいよ重大なるを思い、従来の方針の徹底を期するため、すでに十数年以前より志して来た計画を慎重審議この際断然実行することにした。吾人は範をかのレクラム文庫にとり、古今東西にわたって文芸・哲学・社会科学・自然科学等種類のいかんを問わず、いやしくも万人の必読すべき真に古典的価値ある書をきわめて簡易なる形式において逐次刊行し、あらゆる人間に須要なる生活向上の資料、生活批判の原理を提供せんと欲する。この文庫は予約出版の方法を排したるがゆえに、読者は自己の欲する時に自己の欲する書物を各個に自由に選択することができる。携帯に便にして価格の低きを最主とするがゆえに、外観を顧みざるも内容に至っては厳選最も力を尽くし、従来の岩波出版物の特色をますます発揮せしめようとする。この計画たるや世間の一時の投機的なるものと異なり、永遠の事業として吾人は微力を傾倒し、あらゆる犠牲を忍んで今後永久に継続発展せしめ、もって文庫の使命を遺憾なく果たさしめることを期する。芸術を愛し知識を求むる士の自ら進んでこの挙に参加し、希望と忠言とを寄せられることは吾人の熱望するところである。その性質上経済的には最も困難多きこの事業にあえて当たらんとする吾人の志を諒として、その達成のため世の読書子とのうるわしき共同を期待する。

昭和二年七月

《ドイツ文学》〔赤〕

- ニーベルンゲンの歌 全二冊　相良守峯訳
- 若きウェルテルの悩み　ゲーテ　竹山道雄訳
- ヴィルヘルム・マイスターの修業時代 全三冊　ゲーテ　山崎章甫訳
- イタリア紀行 全三冊　ゲーテ　相良守峯訳
- ファウスト 全二冊　ゲーテ　相良守峯訳
- ゲーテとの対話 全三冊　エッカーマン　山下肇訳
- ヴィルヘルム・テル　シラー　桜井政隆　桜井国隆訳
- スペインの太子 ドン・カルロス　シルレル　佐藤通次訳
- 青い花　ノヴァーリス　青山隆夫訳
- 夜の讃歌・サイスの弟子たち 他一篇　ノヴァーリス　今泉文子訳
- 完訳 グリム童話集 全五冊　金田鬼一訳
- ホフマン短篇集　池内紀編訳
- 水妖記 （ウンディーネ）　フーケー　柴田治三郎訳
- O侯爵夫人 他六篇　クライスト　相良守峯訳
- 影をなくした男　シャミッソー　池内紀訳
- 流刑の神々・精霊物語　ハイネ　小沢俊夫訳

- 冬物語 ―ドイツ―　ハイネ　井汲越次訳
- ユーディット 他一篇　ヘッベル　吹田順助訳
- 芸術と革命 他四篇　ワーグナー　北村義男訳
- ブリギッタ・森の泉 他一篇　シュティフター　宇多五郎　高安国世訳
- みずうみ 他四篇　シュトルム　関泰祐訳
- 聖ユルゲンにて・後見人カルステン 他一篇　シュトルム　国松孝二訳
- 村のロメオとユリア　ケラー　草間平作訳
- 沈鐘　ハウプトマン　阿部六郎訳
- 地霊・パンドラの箱 ルル二部作　F・ヴェデキント　岩淵達治訳
- 春のめざめ　F・ヴェデキント　酒寄進一訳
- 夢小説・闇への逃走 他一篇　シュニッツラー　池内紀　武村知子訳
- 花・死人に口なし 他七篇　シュニッツラー　番匠谷英一　山本有三訳
- リルケ詩集　高安国世訳
- ドゥイノの悲歌　リルケ　手塚富雄訳
- ブッデンブローク家の人びと 全三冊　トーマス・マン　望月市恵訳
- トオマス・マン短篇集　実吉捷郎訳
- 魔の山 全二冊　トーマス・マン　関泰祐　望月市恵訳

- トニオ・クレエゲル　トオマス・マン　実吉捷郎訳
- ヴェニスに死す　トオマス・マン　実吉捷郎訳
- 車輪の下　ヘルマン・ヘッセ　実吉捷郎訳
- 漂泊の魂 クヌルプ　ヘルマン・ヘッセ　相良守峯訳
- デミアン　ヘルマン・ヘッセ　実吉捷郎訳
- シッダルタ　ヘッセ　手塚富雄訳
- ルーマニア日記　カロッサ　高橋健二訳
- 美しき惑いの年　カロッサ　手塚富雄訳
- 若き日の変転　カロッサ　斎藤栄治訳
- 幼年時代　カロッサ　斎藤栄治訳
- 指導と信従　カロッサ　国松孝二訳
- ジョゼフ・フーシェ ―ある政治的人間の肖像　シュテファン・ツワイク　高橋禎二　秋山英夫訳
- 変身・断食芸人　カフカ　山下肇　山下萬里訳
- 審判　カフカ　辻瑆訳
- カフカ短篇集　池内紀編訳
- カフカ寓話集　池内紀編訳
- 三文オペラ　ブレヒト　岩淵達治訳

- 肝っ玉おっ母とその子どもたち　ブレヒト　岩淵達治訳
- ドイツ炉辺ばなし集 —カレンダーゲシヒテン　ヘーベル　木下康光編訳
- 憂愁夫人　ズーデルマン　相良守峯訳
- 悪童物語　ルウドヰヒ・トオマ　実吉捷郎訳
- ティル・オイレンシュピーゲルの愉快ないたずら　阿部謹也訳
- 大理石像・デュランデ城悲歌　アイヒェンドルフ　関泰祐訳
- 改訳 愉しき放浪児　アイヒェンドルフ　関泰祐訳
- ホフマンスタール詩集　川村二郎訳
- 陽気なヴッツ先生 他一篇　ジャン・パウル　岩田行一訳
- インド紀行 全二冊　ボンゼルス　実吉捷郎訳
- ドイツ名詩選　生野幸吉・檜山哲彦編
- 蝶の生活　シュナック　岡田朝雄訳
- 聖なる酔っぱらいの伝説 他四篇　ヨーゼフ・ロート　池内紀訳
- ラデツキー行進曲 全二冊　ヨーゼフ・ロート　平田達治訳
- 人生処方詩集　エーリヒ・ケストナー　小松太郎訳
- 三十歳　インゲボルク・バッハマン　松永美穂訳
- 第七の十字架 全二冊　アンナ・ゼーガース　山下肇・新村浩訳

《フランス文学》〔赤〕

- ロランの歌　有永弘人訳
- ラブレー第一之書 ガルガンチュワ物語　渡辺一夫訳
- ラブレー第二之書 パンタグリュエル物語　渡辺一夫訳
- ラブレー第三之書 パンタグリュエル物語　渡辺一夫訳
- ラブレー第四之書 パンタグリュエル物語　渡辺一夫訳
- ラブレー第五之書 パンタグリュエル物語　渡辺一夫訳
- ピエール・パトラン先生　渡辺一夫訳
- 日月両世界旅行記　シラノ・ド・ベルジュラック　赤木昭三訳
- ロンサール詩集　ロンサール　井上究一郎訳
- エセー 全六冊　モンテーニュ　原二郎訳
- ラ・ロシュフコー箴言集　二宮フサ訳
- ブリタニキュス ベレニス　ラシーヌ　渡辺守章訳
- ドン・ジュアン —石像の宴　モリエール　鈴木力衛訳
- 完訳 ペロー童話集　新倉朗子訳
- 偽りの告白　マリヴォー　鈴木力衛訳
- 贋の侍女・愛の勝利　マリヴォー　佐藤実枝・井村順一訳
- カンディード 他五篇　ヴォルテール　植田祐次訳
- 哲学書簡　ヴォルテール　林達夫訳
- 孤独な散歩者の夢想　ルソー　今野一雄訳
- フィガロの結婚　ボオマルシェ　辰野隆訳
- 危険な関係 全二冊　ラクロ　伊吹武彦訳
- 美味礼讃 全二冊　ブリアーサヴァラン　関根秀雄・戸部松実訳
- 恋愛論 全二冊　スタンダール　杉本圭子訳
- 赤と黒 全二冊　スタンダール　桑原武夫・生島遼一訳
- ヴァニナ・ヴァニニ 他四篇　スタンダール　生島遼一訳
- ゴプセック・毬打つ猫の店　バルザック　芳川泰久訳
- サラジーヌ 他三篇　バルザック　芳川泰久訳
- 艶笑滑稽譚 全三冊　バルザック　石井晴一訳
- レ・ミゼラブル 全四冊　ユーゴー　豊島与志雄訳
- 死刑囚最後の日　ユーゴー　豊島与志雄訳
- ライン河幻想紀行　ユーゴー　榊原晃三編訳
- ノートル＝ダム・ド・パリ 全二冊　ユーゴー　辻昶・松下和則訳
- モンテ・クリスト伯 全七冊　アレクサンドル・デュマ　山内義雄訳

三銃士 全二冊	デュマ	生島遼一訳
エトルリヤの壺 他五篇	メリメ	杉捷夫訳
カルメン	メリメ	杉捷夫訳
愛の妖精（プチット・ファデット）	ジョルジュ・サンド	宮崎嶺雄訳
悪の華	ボオドレール	鈴木信太郎訳
ボヴァリー夫人 全二冊	フローベール	伊吹武彦訳
感情教育 全二冊	フローベール	生島遼一訳
紋切型辞典	フローベール	小倉孝誠訳
風車小屋だより	ドーデー	桜田佐訳
月曜物語	ドーデー	桜田佐訳
サフォ パリ風俗	ドーデ	朝倉季雄訳
プチ・ショーズ —ある少年の物語	ドーデ	原千代海訳
神々は渇く	アナトール・フランス	大塚幸男訳
テレーズ・ラカン 全二冊	エミール・ゾラ	小林正訳
ジェルミナール 全三冊	エミール・ゾラ	安士正夫訳
獣人 全二冊	エミール・ゾラ	川口篤訳
制作 全二冊	エミール・ゾラ	清水正和訳
水車小屋攻撃 他七篇	エミール・ゾラ	朝比奈弘治訳
氷島の漁夫	ピエール・ロチ	吉氷清訳
マラルメ詩集		渡辺守章訳
脂肪のかたまり	モーパッサン	高山鉄男訳
女の一生	モーパッサン	杉捷夫訳
モーパッサン短篇選		高山鉄男編訳
地獄の季節	ランボオ	小林秀雄訳
にんじん	ルナアル	岸田国士訳
ぶどう畑のぶどう作り	ルナアル	岸田国士訳
博物誌	ルナール	辻昶訳
ジャン・クリストフ 全四冊	ロマン・ローラン	豊島与志雄訳
ベートーヴェンの生涯	ロマン・ロラン	片山敏彦訳
ミケランジェロの生涯	ロマン・ロラン	高田博厚訳
フランシス・ジャム詩集		手塚伸一訳
三人の乙女たち	フランシス・ジャム	手塚伸一訳
背徳者	アンドレ・ジイド	川口篤訳
続コンゴ紀行 —チャド湖より還る	アンドレ・ジイド	杉捷夫訳
レオナルド・ダ・ヴィンチの方法	ポール・ヴァレリー	山田九朗訳
精神の危機 他十五篇	ポール・ヴァレリー	恒川邦夫訳
若き日の手紙	フィリップ	外山楢夫訳
朝のコント	フィリップ	淀野隆三訳
海の沈黙・星への歩み	ヴェルコール	河野与一・加藤周一訳
地底旅行	ジュール・ヴェルヌ	朝比奈弘治訳
八十日間世界一周	ジュール・ヴェルヌ	鈴木啓二訳
海底二万里 全二冊	ジュール・ヴェルヌ	朝比奈美知子訳
プロヴァンスの少女（ミレイユ）	ミストラル	杉冨士雄訳
結婚十五の歓び		新倉俊一訳
パリの夜 —革命下の民衆	レチフ・ド・ラ・ブルトンヌ	植田祐次編訳
シェリ	コレット	工藤庸子訳
シェリの最後	コレット	工藤庸子訳
生きている過去	レニエ	窪田般彌訳
ノディエ幻想短篇集	ノディエ	篠田知和基編訳
フランス短篇傑作選		山田稔編訳
シュルレアリスム宣言・溶ける魚	アンドレ・ブルトン	巌谷國士訳

ナジャ　アンドレ・ブルトン　巖谷國士訳
不遇なる一天才の手記　ヴォーヴナルグ　関根秀雄訳
ヂェルミニィ・ラセルトゥウ　ゴンクウル兄弟　大西克和訳
フランス名詩選　安藤元雄　入沢康夫　渋沢孝輔編
繻子の靴 全二冊　ポール・クローデル　渡辺守章訳
A・O・バルナブース全集 全二冊　ヴァレリー・ラルボー　岩崎力訳
物質的恍惚　ル・クレジオ　豊崎光一訳
悪魔祓い　ル・クレジオ　高山鉄男訳
楽しみと日々　プルースト　岩崎力訳
失われた時を求めて 全十四冊（既刊十三冊）　プルースト　吉川一義訳
丘　ジャン・ジオノ　山本省訳
子ども 全二冊　ジュール・ヴァレス　朝比奈弘治訳
シルトの岸辺　ジュリアン・グラック　安藤元雄訳
星の王子さま　サン＝テグジュペリ　内藤濯訳
プレヴェール詩集　小笠原豊樹訳

岩波文庫の最新刊

ネルヴァル作／野崎 歓訳
火の娘たち
珠玉の短篇「シルヴィ」ほか、小説・戯曲・翻案・詩を一つに編み上げた作品集。過去と現在、夢とうつつが交錯する、幻想の作家ネルヴァルの代表作を爽やかな訳文で。
〔赤五七五-二〕 本体一二六〇円

J・S・ミル著／関口正司訳
自由論
大衆の世論やエリートの専制によって個人が圧殺される事態を憂慮したミルは、自由に対する干渉を限界づける原理を示す。自由を論じた名著の明快かつ確かな新訳。
〔白一一六-六〕 本体八四〇円

安部公房作
けものたちは故郷をめざす
敗戦後、満州国崩壊の混乱の中、少年はまだ見ぬ故郷・日本をめざす。人間の自由とは何かを問い掛ける安部文学の初期代表作。(解説＝リービ英雄)
〔緑二一四-一〕 本体七四〇円

……今月の重版再開……

酒本雅之訳
エマソン論文集(上)(下)
〔赤三〇三-一・二〕 本体各九七〇円

朱牟田夏雄訳
ミル自伝
〔白一一六-八〕 本体九〇〇円

カルヴィーノ作／和田忠彦訳
パロマー
〔赤七〇九-四〕 本体五八〇円